UN PEU DE NUIT EN PLEIN JOUR

Après des études à l'université de Lyon, Erik L'Homme voyage pendant plusieurs années avec son frère photographe, sac sur le dos, à la découverte du monde. À son retour en France, il devient journaliste dans le domaine de l'environnement et se lance dans l'écriture en 2001. Ses séries pour la jeunesse *Le Livre des étoiles*, *Le Maître des brisants*, *Phænomen* et *Terre-Dragon* ont connu un immense succès en France et à l'international. Depuis 2019, il publie également des romans pour adultes : *Déchirer les ombres*, *Un peu de nuit en plein jour* et *Cosaques blues*.

Paru au Livre de Poche :

DÉCHIRER LES OMBRES

ERIK L'HOMME

Un peu de nuit en plein jour

ROMAN

CALMANN-LÉVY

ISBN : 978-2-253-10186-4 – 1re publication LGF

À ceux des caves,
À celle de la forêt.

« Le feu est le plus beau présent,
ainsi que le spectacle du soleil,
et de vivre sans opprobre. »
(HÁVAMÁL, I, 68)

1
Le cercle de chair

Féral est dans l'arène, sur le sol de béton crasseux marqué de taches sombres mal épongées. Torse et pieds nus, pantalon de toile. Il attend, impatient, son corps frémit, le sang bat dans ses tempes, il serre et desserre ses poings déformés d'avoir tant frappé, serre et desserre ses mâchoires carrées, piquées de poils gris. Enfin ! L'ancien gymnase frissonne. Le public est nombreux. Insatiable. Il est venu pour les odeurs de sueur, les impacts des coups sur la chair dans la pâle lumière des néons, les cris, les jets de sang, l'exaltant exutoire – l'exultoire.

Féral attend, il entend la rumeur, le brouhaha, il calme son cœur, les battements comme un tambour dans le temple, le temple de la vérité qu'il contemple chaque mardi – jour de Mars-la-colère – et chaque jeudi – jour de Thor-le-tonnerre – et dans les yeux de son adversaire. Prunelles ardentes. Que vaut-on vraiment à l'aune de sa propre peur, face à des frères taillés comme lui pour la cogne, âpres et gigantesques ? Féral balaye l'espace du regard. Piliers, murs de béton froid, peinture écaillée, comme la pellicule du dérisoire posée sur la dure réalité. Des groupes, des grappes. Des clans. Tous les clans de la ville. Il connaît chaque tête, reçoit des saluts respectueux – mouvement de menton, regard appuyé.

Près de la porte gardée par Gueule-de-chien, une jeune femme en débardeur, tatouages complexes, visage amoché. Elle vient de se battre, un beau combat, Féral a reniflé dans l'air les phéromones de la vaillance mêlées à de puissantes odeurs de femelle. Elle est blonde, regard brûlant elle aussi, sombre comme du charbon, avec dans le fond des lueurs rougeâtres, des braises palpitant sous la cendre noire. Féral sait qu'elle s'appelle Livie. Qu'elle vit dans l'Ouest. Il l'a déjà vue mais c'est la première fois qu'il la remarque. Pourquoi ? La cogne juste avant, peut-être, l'effet des phéromones, ou bien parce qu'elle s'est glissée au premier rang ce soir pour le regarder combattre. Féral n'arrive pas à détacher ses yeux de sa silhouette. Elle le regarde aussi. Et puis Miguel s'avance.

Miguel se bat bien. Alors Féral s'arrache à Livie, à ses émotions, il se concentre, reprend ses esprits – il en a besoin pour la confrontation.

Le cercle se fait autour d'eux, cercle de chair, de poils et de grognements. La cogne, c'est leur vie à tous. Autrefois – combien de temps, Féral ne sait pas, il est vieux mais pas à ce point – il y avait aussi les chasses effrénées, les longues courses dans le silence froid des nuits éclairées par la lune. Il ne reste plus que ça aujourd'hui, la communion des caves, cette sauvagerie qui seule subsiste une fois quittée la grisaille de la surface où les clans survivent dans des boulots plus pourris qu'une charogne oubliée sur un piège, des boulots qu'on leur laisse, comme des faveurs. Féral prend une inspiration, recrache l'air lentement. Son bras se lève, son poing vient taper celui de Miguel. Passé, présent, futur seront bientôt fondus dans le moment, dans les quelques minutes à venir. Féral sait qu'ici, dans le cercle, on n'est plus que soi-même, plus de clans, juste deux combattants. Et pas de haine. Pas de haine… La fureur prend toute la place.

Féral encaisse un uppercut dans le ventre, riposte par un crochet, par un direct, un-deux-bam, esquive, bouge. Le souffle, ne pas oublier de garder du souffle. Et puis ne pas trop saigner. Un coup dans les côtes, Féral grimace, balance son genou en avant, rencontre la chair, frappe encore. Enfin ! Il a mal, il ressent la vie, elle irradie avec tous ses affluents, les odeurs et la lumière l'assaillent, il gagne en lucidité, en clarté, tout son être s'emballe. Il entend distinctement à présent, autour de lui, le martèlement des cœurs dans les poitrines.

Les coups que Féral donne et ceux qu'il reçoit, peu d'hommes le pourraient, mais Miguel et lui ont en eux autre chose, une chose qui se lit dans le feu qui embrase leurs prunelles, dans la lave qui coule à l'intérieur de leurs veines. Ce feu qui les consume, venu des profondeurs, eux les farouches. Ce feu qui les condamne…

Esquive, décalage, le pied part, fouette le genou, Miguel crie, Féral enchaîne, à la tête, Miguel pare, Féral le colle, se colle à lui, distribue, balance un poing qui lui éclate la pommette, prend en retour une frappe sur le côté, douleur aiguë, combien de côtes fêlées, il ne sait plus, il ne compte plus. Les coups pleuvent encore. Féral tient bon. Il tient parce que l'honneur du clan le commande. Il tient parce qu'un combattant doit inspirer le respect et la crainte. Il tient parce que, quelque part dans le cercle qu'il ne voit plus, Livie a les yeux braqués sur lui… Non, l'orage des âmes n'est pas terminé. Le cercle murmure, gronde de satisfaction, le rituel remplit son office – fraternité sauvage.

Et puis Miguel vacille, Miguel tombe, heurte le sol, halète, un œil gonflé, hématome noir, du sang en traînées sur la joue. Féral laisse retomber ses bras noueux comme des branches d'arbre – de ces fayards qui enfonçaient dans les fissures d'interminables racines. Il a vaincu. Ce soir au moins – comme tant d'autres soirs.

Féral se penche, tend sa main généreuse à Miguel qui l'accepte, et il le relève, il le prend dans ses bras pour une franche accolade. Miguel serre Féral contre lui, crie des mots. Le cercle les acclame. Gueule-de-chien pousse un hurlement repris par les autres, et la plainte inhumaine vient soulager la fatigue de Féral. Il a des bleus tout neufs sur le torse où les poils grisonnants le disputent aux sombres, tout son corps martelé, abîmé, là où il y a des cicatrices. La vie de combattant est simple mais elle n'est pas facile.

On lui tend une serviette. Féral lève la tête. C'est Livie.

— Beau combat, Tueur-de-brebis.

Féral éponge la sueur teintée de rouge qui macule ses bras, sa nuque musculeuse, son visage dur. Il plonge son regard dans celui de la jeune femme. Il aime les lueurs qui dansent dans le fond. Il se force à respirer. Pourquoi est-ce qu'il se sent maladroit tout à coup ? Pourquoi est-ce que son cœur bat si fort, plus fort que lors du rude combat ? À cause des yeux qui sondent à présent les siens, sombres comme un dessous de futaie, à cause de l'odeur chavirante qu'il peut sentir sans avoir besoin de gonfler les narines et qui lui parvient par vagues quand elle passe la main dans ses cheveux collés par la transpiration ?

Il dit, en maîtrisant sa voix rocailleuse, sa voix de cailloux dévalant en bande les pentes après la foudre :

— Merci. Mais je t'ai vue tout à l'heure. Toi aussi, tu t'es battue farouchement.

Livie rougit, baisse la tête.

Le silence les enveloppe. Ça ne dérange pas Féral, il connaît le silence. Depuis longtemps il est en paix avec lui-même, avec son essence profonde qui pulse en attendant l'explosion des étoiles. Le silence ne lui fait pas peur, pas plus que le bruit, d'ailleurs, qui fait vibrer le ventre et gonfler la poitrine quand il s'échappe des gorges de ses frères, mais pour continuer à dialoguer avec le monde il faut le silence et Féral n'a pas besoin de mots pour dire aux arbres qu'il les aime. Le silence a ses respirations, ses densités, parfois étouffe et parfois libère. Livie, elle, ne craint pas non plus de se taire et Féral apprécie, il se sent mieux, un poids s'en va, un battement d'ailes délivre sa poitrine. Aussi il hoche la tête quand Livie lance, ses yeux de ténèbres brillant de promesses et d'attentes mêlées :

— On se rejoint après la douche ?

Féral la suit des yeux quand elle lui tourne le dos et s'en va, il s'attarde sur la courbe des fesses, le balancement fluide des hanches. Bute contre le regard de Gueule-de-chien dans lequel il lit comme un conseil de prudence. Mais son désir pour elle est déjà fort et l'avertissement muet vient trop tard.

— Ah ! Te voilà. Je te remercie d'avoir répondu à mon invitation.

— À vrai dire, je n'avais pas le choix. Je vous ai fait une promesse.

— C'est bien que tu t'en souviennes.

— Oh, je n'oublie rien.

— Mettons tout de suite les choses au point : notre rendez-vous doit rester secret. Tu n'en parles à personne, absolument personne, sinon j'annule notre accord et je ne donne pas cher de toi. Tu as compris ?

— Oui.

— Tant mieux.

— Qu'est-ce que vous voulez ?

— J'aimerais que tu élimines quelqu'un.

— Que je le tue ?

— Que tu m'en débarrasses. Définitivement.

— Comment ?

— Je m'en moque. Tu te débrouilles comme tu l'entends, mais je veux que ce soit fait avant les grands bals

du solstice d'hiver. Prends cette enveloppe : il y a tous les détails dedans.

— Ce meurtre me libérera de ma dette ?

— Oui.

— J'ai votre parole ?

— Tu l'as. Une vie pour une vie. Il n'y a pas de marché plus équitable.

2

Le gris de l'aube

Féral est assis dans le lit, il contemple le mur, la peinture écaillée. Livie bouge à côté de lui, elle dort. Il observe le corps de la jeune femme recouvert par le drap – elle ressemble à un fantôme. Il n'ose pas la toucher de peur qu'elle disparaisse. Il ne veut pas se retrouver tout seul dans la pénombre. Ce n'est pas qu'il appréhende la solitude, Féral, il a appris à vivre avec lui-même, avec ses pensées et ses souvenirs qui le préservent de l'instinct de meute, de ses frères aimés et encombrants. Mais l'obscurité quand elle est silencieuse ressemble trop à la mort.

Il tourne la tête vers les chiffres rouges du réveil. Encore deux minutes. Il devrait le débrancher, pour ne pas déranger Livie. Oui, il va le faire.

Et puis Féral oublie le réveil, retourne au mur et à la peinture grise. Le gris le fascine, Féral, le gris qui n'est pas du blanc et pas du noir, pas de la couleur non plus, qui vient des profondeurs et des hauteurs à la fois, qui se retrouve dans la pierre, dans le ciel d'autrefois quand il tournait à l'orage – dans celui d'aujourd'hui quand le jour se devine…

Une sonnerie. Puis deux. Cinq heures. Il ferme les yeux. Livie grogne. Féral éteint l'appareil. Les matins d'après la cogne, c'est encore plus dur. Encore plus dur avec l'âge. Alors qu'il se demande s'il va se lever, le visage de Louis – comme tous les matins – lui en donne le courage. Louis. Le chef. Sa femme s'appelle Lucie, elle est cheffe avec lui. Ils ont deux enfants. Féral est seul, même quand une fille dort dans son lit, une fille aussi jolie que Livie. Mais il aime Louis, il aime Lucie, il aime ceux de son clan, tant pis si ce clan est petit, s'il n'est ni riche ni puissant. Il pense à Louis dans sa camionnette en train de l'attendre à la sortie du RER et il met ses interrogations de côté, parce que son chef, qui est aussi son ami, compte sur lui.

Féral respire à fond, pose un pied sur le sol froid, déploie sa silhouette colossale. Frissonne. Sa chambre lui paraît encore plus petite. À cause des voûtains, il ne tient debout que sur la moitié de la pièce. Un soupirail, ouvrant sur le trottoir, laisse passer la pâle lumière de la ville, un halo vaguement orange la nuit, faiblement blanc le jour, un ni-jour ni-nuit dont il a appris – dont ils ont tous appris – à distinguer les nuances ténues.

Féral s'habille rapidement, ouvre la porte qui donne sur un couloir de béton strié de coulures noirâtres – humidité suintante – et s'enferme dans les toilettes communes. Tire la chasse et revient dans la chambre. Des odeurs de sexe lui sautent à la gorge. Le lit lui apparaît tout à coup comme un ring. Un ring où l'on s'empoigne avec le ventre. Après un combat, Féral bande plus dur qu'un peccata agacé par la morsure des chiens, plus fort qu'un taureau au moment des bourgeons. Livie avait le regard provocateur, ça lui a fouetté le sang, elle a beaucoup crié. Féral pense trop souvent au sexe. Il en a envie tout le temps et il emporte cette envie partout avec lui, jusque dans les rues qu'il arpente pour brûler à grandes enjambées l'énergie qui le dévore. Il ne lui reste plus que ça, Féral, l'orgasme, pour repousser dans un éblouissement l'obscurité qui approche – la sienne –, pour apercevoir les étoiles avalées par la grisaille de la nuit perpétuelle.

Féral ouvre le soupirail pour faire entrer un peu d'air avant de mettre en route la cafetière qui trône sur le frigidaire cabossé à côté de l'évier. Des effluves de soufre pénètrent dans la pièce, ils sont surtout forts la nuit mais personne n'y fait vraiment attention – c'est ce qu'ils ont toujours connu. Féral verse le liquide sombre amer dans sa tasse fétiche sur laquelle des chevaux à moitié effacés bondissent à la poursuite de leur propre queue. Féral boit debout puisque le canapé est déplié et la table basse, sur laquelle il aurait pu s'asseoir, dressée contre le mur. Il sait que ce n'est pas la vie que Louis voudrait offrir à ceux de son clan. Qu'il aurait voulu que son meilleur combattant habite un meilleur endroit. Il revoit le visage fermé, le regard à la fois révolté et résigné de son chef, année après année. Féral serre les dents. Les muscles roulent de part et d'autre de sa mâchoire.

Et puis Livie bouge encore, s'étire en bâillant, repousse le drap, dévoile sa nudité. Féral se rassasie sans honte de la beauté du corps qui s'offre. La pruderie n'existe pas entre eux. Les seules lois immuables sont celles de leur nature. Brûlante. Et les règles fixées depuis des lunes par les clans.

Féral s'approche de Livie qui cligne des yeux.

— Bonjour, Tueur-de-brebis.

— Bonjour, Cœur-ardent.

Il passe sa main énorme sur les tatouages qui courent le long de son bras et de sa jambe droite, arbres et runes mêlés. La plupart des siens portent des dessins sur la peau, forestiers et mélancoliques, et les signes de la vieille écriture que les anciens utilisaient pour repousser les ténèbres – des emblèmes redevenus férocement nécessaires. Mais pas lui. Ses seuls tatouages sont les traces des blessures reçues qui font des arabesques pâles sur le cuir sombre de sa peau. Féral frôle ensuite le sexe couvert d'une toison couleur de blé tendre, caresse le ventre aux muscles durs qui frémissent sous ses doigts, attrape un sein comme il attraperait un oiseau. Livie soupire. Les bleus de la veille ont déjà viré à l'ambre.

Livie soupire mais ses yeux sont ailleurs.

— Où es-tu partie, Livie ?

— Dans tes bras, Féral. Ceux d'hier soir. Aussi doux avec moi que durs pour les autres, là-bas, dans l'arène.

On appelle le vieux gymnase par beaucoup de noms.

— Tu dis l'arène ?

— Tu l'appelles comment, toi ?

— Le temple.

Livie sourit.

— Je sais que pour les vieux c'est un rituel. Mais pour nous, la cogne, c'est une addiction comme une autre, ça brûle le ventre, ça enflamme la tête, encore mieux que les drogues !

Elle le fixe d'un regard grave.

Féral se lève, verse du café dans une tasse qu'il tend à la jeune femme. Il est contrarié. Pas de s'être fait traiter de vieux – c'est la réalité. Mais il voudrait lui dire que cette salle, ce n'est pas seulement un gymnase, pas seulement une arène. C'est un temple parce que c'est un espace de vérité, un endroit où il est possible de toucher l'évidence de ce qu'ils sont. Où pendant quelques minutes ils peuvent être entiers, loin du monde que d'autres ont fabriqué pour eux.

Livie est attentive, sent bien qu'il veut parler. Mais Féral balaye l'instant d'un revers de main.

— Temple, arène… L'essentiel c'est de continuer à s'y retrouver, jeunes et vieux !

Livie semble désappointée mais hoche la tête. Féral se ressert du café et revient s'asseoir sur le lit.

— Tu en as beaucoup, des addictions ?

Elle l'entoure de ses bras aux muscles fins et durs comme l'acier.

— Quelques-unes. Tu es peut-être la dernière en date…

Elle glisse ses mains sous le pull de laine rêche, contre le torse velu, puissant. Mais Féral est ailleurs. Il est parti dans ses souvenirs, loin, loin de la ville, là-bas sur le Causse, quand le monde se remplissait déjà d'obscurité. Vers la ferme où son père se meurt alors qu'il n'est, lui, qu'un adolescent mal dégrossi. Au soir de sa première cogne. Son père est près de la cheminée, où il grelotte malgré le feu allumé, son père, qui ne dit pas un mot mais darde sur lui un regard plein de confiance et de fierté…

Livie lui prend la main. Féral sursaute. Il regarde cette main sur sa pogne rugueuse, sent sa douceur, frissonne.

Le regard de la jeune femme s'immisce en lui, racle les parois de son ventre, laisse sur son cœur des sillons profonds.

— Je peux traîner ? J'ai du sommeil à rattraper !

— Bien sûr.

Féral s'ébroue. S'en veut de s'être laissé aller à l'acidité d'heures disparues. Il va être en retard. Il attrape son sac, regarde encore Livie dans son lit, les courbes délicieuses que révèlent les plis du drap qu'elle a remonté sur elle. Hésite à dire quelque chose puis hausse les épaules.

— Tu restes autant que tu veux.

Puis il claque la porte derrière lui.

3

La liberté n'est permise qu'aux morts

— Ça va Féral ?

Louis tient l'échelle sur laquelle travaille Féral, une haie en train de mourir comme meurent peu à peu toutes les plantes qui déployaient leur vitalité dans l'ancien monde, sous un soleil disparu. Il coupe, il tranche, il élague, il sauve – enfin il tente – ce qui peut être sauvé de pousses saines qui écloront sans doute. En même temps qu'il accomplit sa tâche, le plus respectueusement possible, il contemple les arbres étranges qui n'existaient pas au temps de son grand-père et qui aujourd'hui se répandent, des arbres à l'écorce satinée et coriace comme du cuir, au bois sombre et dur, tordant leurs branches vers la maigre lumière à la manière d'une main cherchant à attraper le ciel – pour l'attirer vers la terre ou s'arracher à elle, Féral n'est toujours pas fixé.

— Féral ? Ça va ?

Louis s'inquiète alors Féral arrête la machine, neuf kilos à bout de bras, ses muscles puissants se relâchent sous la chemise piquetée de copeaux d'arbustes déchiquetés.

— Qu'est-ce que tu dis ?

— Je te demande si ça va.

— Pourquoi ?

— Tu tailles ces *Taxus* avec amour et en même temps tu serres les dents comme si tu cherchais à te venger de quelque chose.

Féral descend les barreaux avec ses grosses chaussures de cuir. Il regarde où il met les pieds, on ne voit pas clair, même en plein jour, dans la presque-nuit qui a tout envahi.

— Si tu le dis. Tu trouves que j'ai mal taillé ?

Louis secoue la tête, ça l'amuse cette remarque, Féral travaille toujours bien. Consciencieux, méticuleux. Quel que soit le travail qu'on lui confie. Et puis sur ce point ils sont pareils, lui aussi il aime le vert-vivant, plus que de raison, c'est pour ça qu'il a eu l'idée de monter cette entreprise d'élagage et de taille qui génère aujourd'hui les principaux revenus du clan. Un jour il a vu Féral caresser un arbre, comme s'il lui demandait pardon. Comme s'il s'excusait à la place du ciel pour cette pénombre qui le faisait suffoquer, noircir et s'étioler.

— Non, je disais ça parce que tu n'es pas comme d'habitude.

Féral regarde Louis dans les yeux – un privilège.

— Je peux rien te cacher, hein ?

Louis lui bourre l'épaule, manière pour eux de dire leur affection.

— Rien !

Louis ne le lâche pas.

— Une fille ?

— Peut-être bien.

Non, pas une fille, bien mieux. Bien mieux que ce qu'il mérite. Il a dû enfoncer la tête de Livie dans les oreillers pour pouvoir se concentrer sur sa croupe et en tirer les gémissements qu'elle réclamait – les cambrements, les mouvements frénétiques – tant ses yeux le troublaient, l'emplissaient de désemparement. Il en a eu honte quand elle l'a embrassé.

— Tu m'en parleras quand tu voudras. Allez viens, on remballe, c'est fini pour aujourd'hui.

Féral n'est pas pressé d'en parler à Louis. C'est toujours compliqué quand des gars et des filles de clans différents fricotent ensemble.

En avisant la camionnette garée sur le gravier, à l'entrée d'un manoir équipé d'accessoires de surveillance dernier cri, Féral se dit que ce vieux clou ne passera pas le prochain contrôle. Mais Louis fait durer et il a raison, c'est toujours ça de pris, ça coûte une blinde le droit d'aller suer.

— Tu crois que le clan pourra se payer ce genre de baraque un jour ?

— Dans tes rêves, Féral !

— Mes rêves, ils ne sont pas là.

— Tant mieux.

— N'empêche qu'un chef devrait pouvoir offrir à son clan un endroit au-dehors, avec de la verdure pour respirer. Et Lucie, elle aimerait pas toutes ces fenêtres ?

— Fais pas chier, Féral.

Féral crache par terre, lève de la poussière.

— On taille des haies pour les autres depuis trop longtemps.

— Et c'est pas près de finir…

Ils se mettent à deux pour tirer les bâches remplies de branches jusqu'à la remorque, tassent les ramées, ajustent le filet, il ne faut rien perdre en route. Rangent l'échelle, les machines, les bidons d'huile et d'essence.

Louis grimpe côté conducteur, il dit à Féral :

— On passe vite fait chez Trois-doigts et on file déjeuner à la maison ?

— Ça me va !

La cuisine de Lucie est un enchantement alors il ne va pas dire non – il a faim en plus. Quand Louis allume les phares et démarre, il ouvre la vitre, adresse un bras d'honneur au manoir désert.

Lucie-bonne-parole est un petit bout de femme. À chaque fois qu'elle pose ses bises sur ses joues mal rasées, elle doit se mettre sur la pointe des pieds – c'est qu'il est grand, Féral, c'est pas pour rien qu'on le respecte autant dans l'arène.

Si les chiards avaient été là, ils se seraient précipités sur lui et il aurait dû les soulever tous les deux, chacun accroché à un bras, comme un lutteur de foire, au milieu des cris de joie des nains et des rires de Lucie. Mais il y a l'école. L'école où ils peuvent aller jusqu'à l'adolescence, avant de s'en aller faire les apprentis dans les caves.

Quand il y pense, Féral, ça le rend fou, qu'est-ce que c'est que cette manière d'enfermer les loupiots, de les couper du monde pour leur apprendre le monde ? Lui, Féral, il s'est échappé quand il a pu, il a choisi d'autres chaînes parce que la Liberté en majuscule n'est permise qu'aux morts, ce n'est pas une affaire de vivants. Des chaînes pleines de terre et de mousse, d'herbes brunes et de crottes de brebis, d'abord. Puis des chaînes de la couleur des yeux sombres de Louis et de Lucie qui l'ont accueilli quand il n'avait plus nulle part où aller.

Mais pas de Sylvain ni de Fleur aujourd'hui, juste les bonnes bises tendres de Lucie. Et les bonnes ondes de Louis qui enlace sa femme pour lui voler un baiser. À les voir, Féral se sent gêné comme un enfant. Il les épie, il les imagine avec des années de moins : Louis n'a plus son début de bedaine, Lucie a perdu les cernes qui lui mangent les orbites. Lorsqu'ils se détachent, Féral respire mieux.

— Mettez-vous à table, c'est prêt !

L'appartement de Louis et de Lucie, aménagé dans la partie la plus confortable de l'ancien abattoir souterrain acquis par le clan à force de sacrifices, n'est pas grand mais arrangé avec un goût si sûr que même la nature fruste de Féral s'y montre sensible. Louis n'a jamais compris pourquoi Féral préférait habiter une pièce minuscule hors de prix, alors qu'il pourrait occuper ici sans débourser un centime l'une des chambres froides reconditionnées. Tout ça pour être à Paris, à la frontière de la zone qui leur a été concédée. Mais Féral n'est pas ordinaire, il vient d'ailleurs, des grands espaces, il s'est promené avant de s'installer, alors il a marché, arpenté les quartiers, les faubourgs, et il a senti l'énergie tourner en boucle dans la ceinture de bitume, prisonnière du périphérique asphalté, il a compris qu'il fallait s'installer à l'intérieur. Il n'aurait jamais tenu dans les zones asséchées, désertées par les flux, la sève qui court encore dans la terre…

— C'est délicieux, Lucie.

— Merci.

Elle change de sujet, se tourne vers son mari.

— Vous avez vu Trois-doigts ?

Manière de s'enquérir, sans en avoir l'air. Lucie compte sur les euros supplémentaires, Féral sait qu'il en faudrait dix, des cargaisons comme celle de ce matin. L'if, *Taxus baccata*, magie pure utilisée par un laboratoire de haute technologie dans un traitement contre le cancer. Pas pour eux, eux ne meurent jamais de ça – pas le temps. Trois-doigts a installé un séchoir de fortune dans sa cave, il revend les pousses boucanées au kilo. En liquide, tant qu'il en existe encore, tant qu'on n'aura pas tout pris aux pauvres. Féral aime l'idée de l'if vertueux, l'arbre pilier-du-monde des vieux récits.

— Comme convenu.

Une expression satisfaite illumine le visage de Lucie. Chaque billet sert les affaires du clan.

Et puis le téléphone de Féral fait un bruit de clochette. Féral pique un fard, sa main tremble légèrement quand il regarde l'écran minuscule. Il ne voit pas le regard amusé que Lucie lance à Louis. Le numéro est inconnu. Avec un message au bout. Le message dit : « Il y a ton odeur dans le lit. Je l'emporte avec moi. On se revoit vite, Tueur-de-brebis. » Comment a-t-elle trouvé son numéro ?

— Tu veux prendre une douche ? Je prépare le café pendant ce temps.

Le tact de Louis, Louis qui sait bien, qui est déjà venu chez lui et qui sait qu'il n'y a qu'un évier. Féral l'aime encore plus. Et quand Féral sort de la salle de bains, il boit le café que Louis a servi, échange avec lui la poignée de main rituelle, se laisse embrasser par Lucie et s'en va.

Il a envie de marcher, d'évacuer sa nervosité. Il ne sait pas grand-chose des histoires d'amour, Féral, sinon ce qu'on lui en a dit et qui finalement n'apprend rien.

Envie de déambuler. Au hasard. Entre les parties préservées et les ruines. Dans le clair-obscur des rues.

— *On parle beaucoup de toi, tu sais.*

— *Et qu'est-ce qu'on dit ?*

— *Il paraît que tu te bats très bien.*

— *C'est tout ?*

— *Ce n'est déjà pas mal. Ta besogne sera rude.*

— *C'est ce que je découvre en lisant ces documents...*

— *Note que si je ne te croyais pas capable de réussir, je ne t'aurais jamais confié cette mission.*

— *Ah ? Moi, je crois que si vous m'infligez ce sale boulot, c'est parce que vous ne trouvez personne pour le faire.*

— *C'est vraiment ce que tu penses ?*

— *Je garde un souvenir mitigé de notre dernière rencontre ! Et puis nous avons un dicton : « Sois prudent avant d'entrer dans la demeure commune, car qui sait d'avance sur quels sièges sont assis les ennemis. »*

— *C'est pour ça que tu restes sur tes gardes ? Pour un dicton ?*

— *C'est plutôt à cause de l'endroit. Je n'ai pas l'habitude des cimetières.*

— *J'aime donner mes rendez-vous ici.*

— *Pourquoi ?*

— *C'est paisible. Et puis les morts sont discrets. Ils te font peur ?*

— *Moins que les vivants.*

— *À la bonne heure. Dis-moi, tu as d'autres rendez-vous ce soir ?*

— *Non.*

— *Alors viens, assieds-toi. J'ai envie de parler.*

— *La dernière fois qu'on s'est rencontrés, je n'ai pas aimé ce qu'on s'est dit.*

— *Les circonstances étaient mauvaises.*

— *Très mauvaises.*

4
Variations sur le crépuscule

Clarisse est dans son atelier. Les grandes baies vitrées ouvrent sur un jardin recouvert d'une verrière dans lequel, grâce à la lumière coûteuse de lampes imitant le soleil, croissent des plantes qui ne devraient pas pousser. La pièce où elle se tient, immense, démesurément haute, encombrée de chevalets et de toiles blanches, de bustes en plâtre et d'une statue monumentale, n'est pas chauffée. Mais Clarisse s'en moque, elle ne ressent rien d'autre que les traits et les couleurs, elle vibre au diapason du pinceau qui étale une gamme infinie d'oranges et de blancs, de jaunes aussi.

Clarisse cherche depuis longtemps à se rappeler les aurores.

Son regard se pose sur un encorbellement, un élément du vaste décor floral ciselé et ses pensées dérivent vers l'époque, chérie entre toutes, où Sybille et elle partageaient dans leur passion pour Mucha, Debussy et Duncan – Bourdelle aussi – le tumulte d'années folles. Elle se souvient du choc éprouvé quand Sybille lui avait fait découvrir les compositions païennes de Mucha, ses allégories enflammées – en ce temps-là, Clarisse aimait danser nue sous la lune.

Ce souvenir agite Clarisse. Elle pense à Sybille. Elle a envie brusquement de thé noir, la seule boisson qui l'apaise maintenant. Elle voudrait faire l'amour, tout de suite. Son désir est devenu semblable aux orages furieux des nuits d'été. Ses sentiments se tapissent de réminiscences et d'habitudes tenaces – de lambeaux au goût de cendre. Clarisse rêve du temps – de tant de passion – où serrer Sybille contre elle signifiait quelque chose, peau contre peau, cœur contre cœur, les rythmes en harmonie ou en contrepoint pour une danse horizontale, archaïque, l'écho des tambours lents dans la poitrine, puis les mélodies soupirées, les chants gémis, les lignes de basse haletées. Elle se rappelle les pulsions terribles qui leur ont brûlé le ventre et une larme de sang lui vient, perle rouge au bord des cils.

Son regard se pose sur une toile à part, indescriptible, peinte avec des pigments rares, des couleurs presque invisibles pour une ligne d'horizon inaccessible. Clarisse travaille depuis un moment déjà à ce tableau. C'est Sybille qui le lui a commandé : « Peins-moi un crépuscule. Un crépuscule dans ce monde qui est nôtre désormais... » Clarisse a accepté au nom des sentiments passés, elle a intitulé son œuvre : *Aucune nuit n'est obscure*. Clarisse la contemple. Elle repense aux propos de Sybille : « Ce monde est plus beau que l'ancien. »

Le pinceau pend au bout de son bras. Clarisse ne fera rien de bon aujourd'hui. Sybille occupe ses pensées – Sybille tête-de-bois.

Clarisse range son matériel et quitte l'atelier.

C'est l'heure des chats et des effraies, des bêtes de la nuit-jour. Des rideaux épais sont tirés devant les fenêtres de l'appartement, masquent le Jardin des Plantes sur lequel Clarisse aime reposer son regard lorsque les réverbères n'éclairent plus que les allées muettes. Clarisse a déménagé de nombreuses fois mais c'est ici qu'elle préfère être, à deux pas de la Seine.

Clarisse entre dans la bibliothèque, prend sur l'un des rayonnages qui grimpent jusqu'au plafond les *Mémoires d'Hadrien*, qu'elle a envie de relire, traverse le salon dans lequel elle aime boire son thé en écoutant Naragonia, Parasol et les Zéoles, évite la chambre et marche dans le couloir qu'elle a transformé en galerie, au fil des ans.

Clarisse passe lentement devant *L'Annonciation* de Piero della Francesca, l'ange ailé messager du divin – l'extérieur – et la Vierge en sa maison – l'intérieur – qui disent ensemble que le monde est une cohabitation harmonieuse entre l'ici et l'ailleurs. Elle glisse ensuite vers *L'Art de la peinture* de Vermeer où le fameux tapis d'Orient et la carte marine, qui se partagent la toile avec la maîtresse de maison, répètent la même chose : le temps ne compte pas, seule importe la façon d'occuper l'espace, malgré les ruptures, au-delà du bouillonnement des existences.

Clarisse sent un long frisson la parcourir et l'évidence la saisir une nouvelle fois : elle-même, et puis Sybille, et tous les autres, dans leur égoïsme et leur aveuglement, font fausse route depuis le début... Sybille est persuadée que le monde d'aujourd'hui est une chance, alors qu'il est une punition : les hommes se sont employés à le détruire en même temps qu'ils se détruisaient eux-mêmes. Sybille aime ce monde pour sa noirceur mais Clarisse regrette sa lumière. Sybille pense qu'il faut cesser de s'accrocher au passé, mais Clarisse croit au contraire que rien n'est irréparable, qu'il suffit de retisser la toile pour retrouver les harmonies oubliées, de ravauder l'étoffe ancienne pour que le soleil revienne !

Perdue dans ses considérations muettes, Clarisse dérive vers Turner et son *Incendie du Parlement* qui la projette à Londres. Elle oublie ses tourments devant les flammes qui brûlent les bâtiments, comme un soleil d'aube incendiant l'horizon. Elle caresse les traits de pinceau, suit l'arabesque, le tournoiement, dans une fluidité joyeuse qui lui évoque inévitablement la danse qu'elle aime tant.

Clarisse se dit qu'elle ira valser ce soir sur les bords de la Seine, qu'elle en a besoin, que ça lui fera du bien de se frotter au dehors – de se préparer pour les bals du solstice d'hiver qui approchent à grands pas.

5

Les songes du chamane

Féral pousse la porte de chez lui et regarde le lit. Il sait que Livie est partie, mais il cherche malgré tout une trace, une marque de sa présence. Le lit est encore froissé. Elle a laissé un papier dessus. Et sous le papier un livre. Le message dit : « Une des addictions dont je te parlais ! Ce livre te plaira, je crois. » Et puis à la fin, un point d'exclamation, avec un cœur juste esquissé en guise de point sous l'exclamation. Féral a peur, en le prenant dans ses doigts, de le voir tomber en poussière. Ses pensées vont à Livie, Livie-qui-dit, Livie-qui-le-sonde, Livie-qui-sourit. Il prend son téléphone, regarde l'écran pour la centième fois. « Il y a ton odeur dans le lit. Je l'emporte avec moi. On se revoit vite, Tueur-de-brebis. » Que ressent-il pour elle ? D'habitude, les filles, c'est plus rapide. Intense mais expédié. Là… Sa chambre ne lui a jamais semblé aussi vide. Féral hésite un instant à tout laisser en place, respire un grand coup le drap dans lequel elle s'est roulée – odeurs fortes et sorcelantes. Puis il range le convertible qui redevient un canapé, remet la table basse à sa place. Prend le livre que Livie lui a laissé. On lit peu dans les caves. Ça suffirait à la rendre différente. À piquer sa curiosité, si Livie n'était pas déjà incongrue, à la fois fille de la cogne, du désir haletant – quintessence de leur instinct –, et si attentive avec lui…

Le livre en question est plutôt un livret, une plaquette, avec un dessin d'arbre dessus. Féral l'aime tout de suite à cause de ça. *Les Songes du chamane*, il ne connaît pas, Féral, mais il ne connaît pas grand-chose. Ça ressemble à de la poésie. Il lit à haute voix, il fait toujours ça parce que autrefois, lui racontait son père qui le tenait de son propre père, dans les aurores où les mots faisaient lever le soleil, on disait, on ne lisait pas.

— Je suis l'horizon orange qui fabrique d'étranges orages, l'éclair d'ivoire qui jette ses gouttelettes dans l'aube pâle, le châle de pluie sur l'herbe endormie, la feuille qui se détache et vient tomber sur l'eau de la mare, dans laquelle se reflète un morceau de ciel noir…

Ça lui parle, ça évoque le ciel indéfinissable du Causse où il a grandi, d'où il est parti. Les orages, la pluie, les mares que chez lui on fabriquait à la main.

— Je suis le voyageur roux qui arrache à la boue des coffres pleins de pierres, je suis le chercheur d'âmes en quête d'hommes, à la recherche de rames pour aider la galère, qui peine le long du rivage en attendant l'automne…

En écho parfait à sa lecture, de grosses gouttes de pluie viennent s'écraser sur le trottoir et éclaboussent le soupirail, une pluie violente martelant un autre poème que Féral lit en levant la tête sur la vitre couverte de grillage.

Il referme le livre, se projette dans les images qui s'agitent dans son crâne. Lui aussi il peine le long du rivage en attendant… En attendant quoi ? Le visage de Livie surgit devant ses yeux, sans besoin de mots et sans qu'il l'appelle.

Elle est venue si tard.

Lui prend tout à coup des envies de respirer l'herbe mouillée, de se laisser envahir par l'odeur puissante de l'humidité des sous-bois. Ici la pluie balaye les trottoirs, engorge les caniveaux et pousse les gens à se hâter. Aucun parfum, aucune fragrance sinon celle de l'asphalte – et les remugles d'ammoniac. Bien sûr il y a les parcs, il s'y rend souvent, Montsouris, le Luxembourg, Vincennes, mais ce n'est pas pareil, ils sont dévastés, envahis par les arbres sombres et torturés, et il manque l'essentiel : l'horizon. Oui, l'horizon surtout. Féral marmonne :

— Je suis l'horizon orange qui fabrique d'étranges orages…

Il aime le goût des mots sous sa langue.

Il retourne au chamane et à ses songes, ouvre le livre au hasard.

— Je suis le voleur de vent, le mangeur d'amande, le pelleteur de nuages, je danse sur la lande comme l'oiseau en voyage…

Cette façon de lire lui plaît. Il ferme le recueil et le rouvre ailleurs.

— Je suis la mélodie égrenée dans la brume par les roseaux de la flûte d'un Pan trop vieux pour souffler encore l'amour sur l'écume de l'eau…

Trop vieux, Féral, c'est ça. Qu'est-ce qu'il s'imagine ? Livie l'a tenu entre ses mains, lui le vieillard, elle a senti combien Féral est abîmé, les veines saillantes de ceux qui ont trop vécu. Trop vieux… Féral décide d'ouvrir l'ouvrage une troisième fois et d'interpréter le prochain passage comme un signe définitif.

— Je suis celui de la forêt, la racine du houx, le vol du hibou, les lèvres qui effleurent le genièvre, la rosée, le dos qui appuie sa peine contre le tronc du chêne…

Il réfléchit, considère que l'extrait n'est pas assez explicite, qu'il est plutôt un encouragement à retenter sa chance. Son cœur bat quand il referme et rouvre le livre pour la quatrième fois. Il se trouve stupide tout à coup, jouer son destin sur un coup du sort. Momo glousserait et secouerait la tête, peiné pour lui – mais il attendrait le résultat d'un œil brillant !

— Je suis les mondes refaits, les espoirs défaits, les choses qui existent et celles à chercher, l'interminable attente, au bord de la sente…

Cette fois le message est clair : Féral lui aussi doit se montrer patient et laisser les choses se faire. Il repose le livre sur la table, s'affale dans le canapé, ferme les yeux et se laisse bercer par la symphonie pluviale.

Quand il émerge d'un sommeil sans rêve, l'averse a cessé et Féral ressent l'envie d'un café.

Féral reste un moment immobile sur le trottoir en émergeant du sous-sol, au pied de l'immeuble. Un immeuble petit, pas trop lourd, pas de poids sur la Butte, la faute aux générations d'hommes qui ont trop creusé – qui ont permis aux gens comme lui de trouver refuge dans les entrailles de la colline ! Ou bien pas de poids parce que, et Féral préfère se l'imaginer, il ne faut pas réveiller le gigantesque serpent dont parlent les récits anciens, qui dort en attendant l'aube. L'aube des grands serpents.

Féral ajuste sa capuche sur sa tête et remonte la rue en direction du troquet où il aime aller, en levant les yeux vers ce ciel qui a définitivement renoncé à s'éclaircir. Quand est-ce arrivé ? Il ne sait pas. Tout ce dont il se souvient, c'est que c'était déjà comme ça à l'époque où il était enfant et qu'il faut remonter au père de son père pour trouver encore du bleu parmi le gris, des scintillements au milieu de la nuit…

Chez Momo. L'établissement est au sommet, à la croisée des routes. La décoration obsolète, de bric et de broc, rappelle à Féral les bistrots où le traînait son père, dans les villages, où il commandait deux cafés sous les moqueries tendres des habitués – était-ce leur faute si c'est tout ce qu'ils étaient capables de payer ? D'autres habitués sont là, ceux de chez Momo, et la lumière aussi, chiche comme ailleurs, mais c'est à cause d'elle que Féral a choisi l'endroit, pour le contraste avec sa chambre enterrée. Il entre par l'une des portes vitrées, se dirige vers le comptoir en adressant un signe amical au vieux vacillant devant un verre d'alcool et à la vieille promenant d'une table à l'autre, avec un regard absent, un sac énorme rempli de peluches éventrées.

— Salut Momo.

Momo serre la main tendue.

— Salut Féral. Ça fait un moment que je t'ai pas vu !

— Le boulot.

— Comme d'habitude, un café sans sucre ?

Féral acquiesce avec un temps de retard. Momo l'observe, ses yeux pétillent. Momo a le physique épais des grands placides, la carrure bonhomme des types qui laissent la vie couler sur eux et qui regardent les autres se faire éclabousser, en continuant d'essuyer des verres. Momo accompagne son sourire moqueur avec le petit gloussement que les clients viennent chercher autant que ses cafés à cinquante centimes, parce qu'il renvoie les drames les plus sombres dans les limbes du dérisoire.

— Toi, tu as une fille dans la tête !

Féral se racle la gorge, il fait toujours ça quand il est gêné. Alors Momo commente, avec son accent d'ailleurs qui fait qu'on ne comprend pas toujours les monologues dans lesquels il se perd.

— Une fille… Ce n'est pas raisonnable, Féral. Tu n'es pas bien tout seul ? J'ai une femme, moi. Si tu veux je te la donne, comme ça je serai tranquille. Des reproches tout le temps, et Momo pourquoi tu n'as pas fait ça, et Momo pourquoi tu as fait ça, il n'y a rien à faire, ça ne va jamais !

Il glousse de nouveau, pose le verre sec sur l'étagère, en prend un autre dans l'égouttoir pour le frotter avec son torchon. Féral le regarde faire, il regarde Momo essuyer le verre. Ses gestes l'apaisent. Le travail bien fait il aime ça, il trouve que c'est un moyen de donner du sens à une vie qui n'en a aucun. Féral découvre dans le mouvement de la main de Momo quelque chose d'ancien, de pur, le geste constamment refait qui aspire à la perfection. Féral a vu un film, une fois, sur la floraison des cerisiers, jamais il n'avait considéré ça sous cet angle, l'arbre travaillant en secret une année entière pour une seule journée de beauté – et la chute des pétales en pleine gloire, avant qu'ils puissent faner ! Il en a pleuré, Féral, au souvenir du cerisier, de tout ce qu'ils avaient perdu – de tout ce qu'ils n'avaient plus.

Momo pose devant lui un café avec sa soucoupe. Féral l'avale d'un trait, comme on avalerait un petit verre de gnôle. Momo glousse une nouvelle fois avant de secouer la tête et de s'éloigner, le chiffon sous le bras.

— Tu es fou mon ami.

Momo est dans le vrai encore une fois, mais aussi dans le faux parce que Féral se sent lucide, jamais il n'a été aussi lucidement fou. Féral fait tourner sa tasse entre ses doigts.

— Tu veux un autre café ? Je te l'offre.

— Merci Momo, c'est gentil mais je vais y aller.

Il repense à Livie, il y repense et un sourire lui échappe. Cette fille ramenée chez lui parce qu'elle était brûlante et lui brûlant, cette fille d'un soir devenue celle d'un autre jour, cette fille l'a réchauffé dehors et dedans quand il ne savait pas encore qu'il en avait besoin. Le temps de quelques heures, Féral n'a plus pensé à rien d'autre, il s'est laissé aller, les oreilles remplies de ses soupirs, la peau frissonnante de ses doigts à elle, il a joui dans sa moiteur feutrée, reçu ses hoquets en cadeau, a répondu à ses grognements en frottant ses joues rêches contre son cou, en embrassant la naissance de ses seins. Et puis elle l'a regardé. Sans crainte. Sans moquerie. Pour la première fois depuis sa rencontre avec Louis, quelqu'un a essayé de voir à quoi il ressemblait derrière. Derrière l'ombre de ses épaules. Derrière ses silences caverneux. Féral n'a rien promis quand elle est partie. Elle n'a rien demandé d'autre que de le revoir. Elle a laissé un livre pour lui.

Féral n'arrête pas de penser à Livie.

— De quoi voulez-vous qu'on parle ?

— Pour commencer, je voudrais avoir ton avis.

— Mon avis ? Vraiment ? Et sur quoi ?

— Sur le monde dans lequel nous vivons. Sur le souvenir que vous gardez de l'ancien. Sur les conversations que vous avez à ce sujet, dans les caves.

— Ce n'est pas franchement le genre de thèmes qu'on aborde !

— Mais toi ? Tu as forcément une opinion !

— Moi ? Je me dis souvent que mon existence me prive de vrais vents, de vraies pluies et de soleil, de montagnes épargnées, de fleuves clairs et de forêts, alors que tout ça a été fait pour moi. Qu'elle m'oblige à de grands efforts pour rester debout, quand tout autour se conjugue pour me faire baisser la tête et plier le genou. Qu'il y a sûrement une meilleure manière de vivre…

— Une meilleure manière de vivre ?

— Je sais bien que tout ça c'est dans mes rêves ! Qu'on est enfermés dans des villes qui nous assèchent,

dans une logique morbide qui nous a éloignés de la nature et qui a provoqué le malheur.

— Continue.

— On s'est retrouvés captifs de prisons sans mur, comme des esclaves amoureux de leur propre servitude… Et dans ces prisons, on a perdu le sens du mystère. La plupart des gens aujourd'hui rendent un culte aux objets, s'oublient derrière les miroirs qui ont remplacé leurs fenêtres. Ils ont, encore un peu, mais ils refusent absolument d'être…

6

Le cœur en brasier

Féral s'est assoupi dans son canapé.

Dans ses rêves courent des brebis. Lui, il leur court après. Féral court après ses bêtes, il n'arrive pas à les rattraper, plus il va vite et plus elles s'éloignent. Féral s'agite dans le canapé, il laisse échapper des « non » qui ressemblent à des grognements. Et puis il parvient à une grange, une grange qui sert de bergerie. Une bergerie qui vibre sous les bêlements : les bêtes sont à l'intérieur. Il s'approche du porche. Les brebis se taisent. Il sent leur peur suinter à travers les murs. Sa main se pose sur le loquet…

Un tambourinement contre la porte de sa chambre le tire du sommeil.

— Féral ? C'est Livie !

Féral grogne, secoue la tête pour en chasser les derniers lambeaux de rêve. Il se lève pesamment, va à l'évier, s'asperge d'eau et s'essuie le visage avec un torchon de cuisine.

— Je t'ouvre !

Livie est là devant sa porte, dégoulinante, une flaque d'eau à ses pieds sur le béton du couloir.

— Entre vite.

— Quel temps de chien !

Elle enlève sa veste trempée, souillée par des coulures noires – la boue du ciel se mélange parfois à la pluie. Son pull, son jean, ses cheveux sont sales aussi, alors Féral lui tend une vieille couverture avec laquelle elle se frotte avant de s'enrouler dedans et de se jeter sur le canapé.

— L'orage m'a surprise.

Féral appuie sur le bouton de la cafetière qu'il vient de remplir. Livie aperçoit *Les Songes du chamane* posé sur la table basse.

— Tu l'as lu ?

— J'ai commencé.

— Alors ?

— Ça me plaît.

— J'en étais sûre !

— Je ne sais pas comment dire. C'est très beau, en tout cas.

— Oui, c'est beau. Mon passage préféré, c'est quand le chamane parle de la rivière habillée de brume. La rivière avec le pont, où les amants se retrouvent à la fin. Ceux qui n'ont pas eu de chance.

Féral l'observe, elle est rayonnante avec ses cheveux blonds ramassés dans la nuque. L'absurdité de ses propres chimères, de ses rêves de passion, le frappe de plein fouet. Les amants malchanceux… Il est beaucoup trop tard ! Féral se racle la gorge.

— Tu n'es pas au boulot ?

— Des jeunes bloquent les ronds-points et empêchent les camions de passer. Pas de camion, pas de chargement.

Féral lève les yeux au ciel, ça amuse Livie.

— Je m'en fous, ça me repose de ne pas charrier des palettes.

— Qu'est-ce qu'ils veulent cette fois ?

— La même chose : que le ciel redevienne bleu.

Elle ajoute :

— D'ailleurs, si j'étais eux, je bloquerais aussi les routes. Je mettrais tout à feu et à sang. Je demanderais des comptes aux vieux !

— Mais tu n'es pas eux…

Livie resplendit de la violence de ses vingt ans.

— C'est du chaos que naissent les fleurs !

Féral sourit de la voir s'exalter.

— Tu devrais écrire des livres…

— Et toi Féral, tu ne t'es jamais senti empli de fureur, du désir féroce de tout saccager ?

Féral n'est plus ce qu'il a été, mais il reste encore en lui la trace des tumultes sacrés.

— Tous les jours, Cœur-ardent. Tous les jours.

— Alors tu penses quoi de ces jeunes ? Ils ont raison de se révolter ?

En vérité, Féral pense que c'est trop tard, que les jeunes qui se sont révoltés avant eux, quand il était encore temps, se sont trompés de révolte – c'est facile d'exiger que tout change alors qu'on n'est pas prêt à changer soi-même. La couleur du ciel, ce n'est pas un problème extérieur mais une affaire intérieure. À quoi bon le soleil si les cœurs ne sont pas prêts à l'accueillir ? Pourtant, ce n'est pas ce qu'il répond à Livie parce qu'il sait que la jeunesse se nourrit d'espoir.

— Je pense qu'on a toujours raison de se révolter et qu'on ne change rien en restant dans les clous. Qu'on devrait cogner, toujours, au lieu de se geler sur les trottoirs. Et pendre haut et court ceux qui sont cause même d'un peu !

Sa réponse ravit la jeune femme, qui ajoute avec malice :

— Je suis entièrement d'accord ! Enfin bon, cette pagaille m'aura permis de venir te voir.

Le café a fini de passer. Féral remplit les tasses. Il tend la sienne à Livie qui lui caresse la main au passage. Féral la retire un peu trop vite. Livie fronce les sourcils, attend une explication. Féral prend un air grave.

— Je n'arrête pas de réfléchir, Livie. J'arrive au terme de ma vie. Faut pas s'accrocher à moi, je n'en ai plus pour longtemps.

— Qu'est-ce que tu racontes ? Tu n'es pas si vieux, Féral. Tu es encore fort !

— C'est des conneries et tu le sais très bien ! Rappelle-toi : une vie courte et ardente. C'est pour ça que tu charries des palettes et que je me sers de mes poings… Le temps nous manque pour être autre chose ! On brûle notre existence trop vite. On est condamnés à rester en bas. Dans les caves. À se consumer entre nous. À vivre le cœur en brasier.

Féral reprend son souffle, trouve le courage de regarder Livie dans les yeux.

— Pourquoi tu ne vas pas avec un gentil garçon de ton clan ?

— Je m'en fous des gentils garçons ! C'est toi qui me plais.

Féral redoutait ces mots, et en même temps il les espérait, de toutes ses forces. Son cœur bat plus vite qu'il le voudrait. Livie pose sa tasse sur la table et se lève. Sa voix est douce, elle trouble Féral encore plus que si elle s'était mise en colère.

— De quoi tu as peur ?

— Je n'ai pas peur !

— Bien sûr que si.

L'émotion soulève sa poitrine.

— Féral… Je suis attirée par toi. Par le mystère qui t'entoure. Tu as quelque chose de plus que les autres et ce sont les années qui te l'ont donné. C'est ça qui t'effraie ? Que je parvienne à percer ton mystère ?

— Je n'ai rien à cacher.

— Vraiment ?

Féral est tout près de craquer, d'ouvrir ses bras pour cette fille trop fine, trop vive. Mais il reste là en face d'elle, sans bouger, yeux étrécis, mâchoire contractée, ses poings se serrant et se desserrant sous le coup d'un désarroi intense.

Livie paraît terriblement déçue.

— Tu comptes faire quoi ? Me cogner ?

Féral prend conscience brusquement de ses mains en boule, de ses doigts crispés. Il blêmit, regarde ses poings comme s'ils appartenaient à quelqu'un d'autre.

— Non ! Bien sûr que non !

Elle a pensé qu'il la frapperait ? Mais il n'a jamais frappé personne, Féral, il s'est seulement battu contre des gars, dans l'arène et dans la rue ! Mais Livie ? Il est brusque parfois avec les filles, il tient ses maîtresses dans ses mains puissantes, il empoigne leurs cheveux et gronde des horreurs. Mais il s'arrête s'il n'entend pas de gémissements comblés, comme il arrête de se battre si ses poings tapent la chair molle d'un adversaire prostré…

Il semble à présent si malheureux que Livie renonce à toute rancœur. Elle lui adresse un sourire fragile – une esquisse. Féral comprend qu'il n'aura pas d'autre chance alors il fait ce qu'on fait dans les caves, il balaye ses hésitations et il fonce, il s'approche de Livie et plonge ses yeux dans les siens, hasarde sa bouche près de son oreille et murmure, à la manière d'une confession, les mots qu'il réservait aux bêtes de son père quand il était triste ou trop seul.

Livie pose sa tête contre la poitrine énorme.

Livie à présent est blottie contre Féral, autant que Féral est blotti contre elle. Il ressent par toutes les fibres de son être sa présence chaude, les vibrations qui émanent de son âme à vif. Livie lui souffle :

— Je t'ai dans la peau, Tueur-de-brebis.

— Moi aussi, Livie, je t'ai dans la peau. Moi aussi.

Cet aveu le soulage infiniment, le libère en même temps qu'il le lie. Livie lui tend ses lèvres. Féral pose les siennes dessus, comme on scelle un pacte. Il sera à elle jusqu'à la fin. Tout entier. Et plus vivant que jamais.

Puis il se laisse faire quand elle déboutonne son pantalon, il ne retient pas ses propres mains glissant sur la peau de Livie décorée de runes et de branches, avec douceur – une infinie douceur.

7

Jouer avec les étoiles

Féral range les couverts que Sylvain et Fleur, appliqués, ont essuyés. Avec Féral tout le monde fait sa part, c'est comme ça, une règle, un respect. Il leur a expliqué et ils ont hoché la tête, avec gravité. Féral range les couverts machinalement – il est ailleurs. Ce soir Lucie et Louis fêtent les dix ans de leur couple et Féral garde les enfants. Lucie l'a prévenu que Fleur et Sylvain trépignaient en sachant qu'il venait.

— Féral ! On peut regarder la télé ?

— La réponse est comme d'habitude : non.

Sylvain baisse les yeux et fait la grimace. Sa sœur vient à sa rescousse.

— On peut faire un jeu alors ? Tous les trois ?

Ça, Féral veut bien. C'est juste la télé, il se méfie des images qui tressautent sur l'écran, des marionnettes plates qui agitent leurs doigts comme des illusionnistes, qui roulent des yeux comme des hypnotiseurs et volent aux louveteaux de précieuses heures de vie-la-vraie – cette vie dont ils sont déjà si pauvres.

— À quoi vous voulez jouer ?

Fleur tape des mains.

— Le jeu du corbeau !

— Encore ? Vous n'en avez pas assez ?

Sylvain s'exclame :

— C'est un super jeu !

Féral se rend volontiers. Il sort du placard une boîte en carton usée jusqu'à la trame – le dessin qui orne le coffret est même presque entièrement effacé. Mais les jetons de bois, les dés en corne et le plateau en métal, à l'intérieur, sont intacts.

Sylvain s'empresse de tout installer.

— Vous vous rappelez les règles ?

Évidemment qu'ils se les rappellent, la question est un rituel qui déclenche aussitôt des protestations outrées. Fleur récite à toute vitesse :

— Conquérir le plus de constellations possible en échappant au corbeau !

Sylvain a déplié le plateau sur le tapis du salon, c'est une voûte étoilée peinte avec de nombreux détails, organisée autour de neuf constellations. Fleur distribue les jetons, elle choisit les dorés, donne les argentés à son frère, les cuivrés à Féral et pose les noirs sur un bord du plateau, là où se tient un corbeau dessiné sur une branche ; à l'autre bout, un homme borgne et barbu est appuyé sur une lance, et en bas, sous les étoiles, deux chiens montrent les crocs. Fleur et Sylvain ne se lassent pas de regarder les images, et Féral se sent ému parce que les ciels nocturnes dans les livres restent parmi ses plus beaux souvenirs. Il adorait les ouvrir et s'y perdre interminablement, près de la cheminée, quand il vivait sur le Causse avec son père. Il ne pourrait compter les heures passées à contempler les étoiles sur le papier, les champs lumineux où le dieu borgne, celui qui est représenté dans le jeu avec une lance sur le bord, a fait sa moisson de runes – les graphes magiques qui décorent les peaux et les objets aujourd'hui, mais qui avant possédaient une force, un pouvoir, enfin ça c'était quand le monde n'était pas à moitié mort.

— Je commence !

C'est toujours Fleur qui commence, c'est normal, c'est la règle – c'est elle la plus jeune. La fillette lance d'abord les dés jaunes qui lui apportent trois points.

— Cassiopée !

Elle jette ensuite le dé blanc, qui hésite entre plusieurs chiffres et la tête de corbeau, avant de s'immobiliser sur le deux.

— Joli coup !

Fièrement, Fleur pose deux de ses jetons à elle, les dorés, sur la constellation.

— À moi !

Sylvain s'adjuge les Gémeaux avec les dés jaunes, puis lance le dé blanc.

— Oh ! Le corbeau !

La tête de l'oiseau l'a emporté sur les chiffres. Deux jetons noirs – ni plus ni moins – prennent possession de la constellation.

Féral se moque gentiment du malheureux Sylvain et va rejoindre avec ses pièces cuivrées Fleur sur sa constellation. Au tour suivant, il s'empare de Cassiopée. Fleur prend sa revanche en conquérant la Lyre, tandis que Sylvain se heurte de nouveau au corbeau.

— C'est fichu ! Je ne pourrai jamais avoir les Gémeaux !

Féral se met à rire de son rire rauque.

— Tu peux toujours demander l'arbitrage du dieu borgne !

— Ou perdre deux tours si je tombe sur les chiens…

— Quand tu fais un choix, Sylvain, tu t'offres de l'espoir, mais tu dois aussi accepter l'incertitude qui va avec.

Sylvain réfléchit puis se décide, lance le troisième dé, le rouge, trois faces avec le visage du dieu borgne, trois faces avec la tête des chiens. C'est le dieu qui apparaît et Sylvain exulte, il remplace les jetons noirs par les siens et remporte la constellation.

Le jeu ensuite traîne en longueur parce que les lancers ne sont guère favorables et les enfants fatigués.

La voix de Sylvain se fait entendre, pleine de sommeil déjà.

— Ça vit où, un corbeau ?

— Dans les montagnes, quand c'est possible.

— Tu as déjà dormi dans la montagne, toi, Féral ?

— Oui mon garçon.

— C'est comment ?

— Tu as l'impression d'être minuscule et immense à la fois. C'est comme si le monde respirait et que tu respirais avec lui.

— Et dans la montagne, on voit les étoiles ? Cassiopée, les Gémeaux ?

— On les voyait autrefois. Maintenant, il faut les imaginer. Mais on s'en moque, n'est-ce pas ? Grâce au corbeau, on sait où elles se trouvent !

Sylvain réfléchit à ce que Féral vient de dire.

— Tu nous emmèneras dormir dans la montagne, un jour ?

— C'est promis.

La montagne, Féral, ça lui évoque tout à coup le livre de Livie, les songes du chamane et les terres brumeuses, là où se livrent les derniers combats, là où le sentier venteux tracé dans la roche commence et se perd…

Fleur donne de petits coups contre son épaule.

— Hé ! Ne vous arrêtez pas de jouer ! Je suis en train de gagner !

Féral observe la fillette. Derrière les cheveux sages, le pyjama coloré, le pouce que tète la bouche, sa nature ardente parle déjà, au-delà des apparences et des années.

— On ne s'arrête pas. Vas-y, lance !

Il ne faut qu'un seul tour pour que Fleur remporte la partie – sans triomphalisme tapageur, même si son frère a le regard noir. Féral quitte sa position inconfortable sur le tapis, s'installe dans le canapé et le petit garçon de huit ans et la petite fille de six ans viennent s'asseoir chacun sur un genou et se pelotonner contre la poitrine qu'agite tout à coup l'absence de Livie, comme des soubresauts d'après-séisme. Ça le remue de sentir la portée dans ses bras, ça l'arrache à ses fantômes.

Il écoute la respiration des enfants qui s'endorment. Il attend un long moment que les émotions qui bouillonnent en lui refluent. Il profite aussi de Fleur et de Sylvain contre lui, de leur chaleur – leurs corps si chauds dans lesquels la vie brûle sans réserve – et de leur présence, parce que des louveteaux, il n'en a jamais eu et il n'en aura jamais.

Il finit par se lever et les porter dans leur chambre, glisse Sylvain dans le lit du haut et Fleur dans celui du bas, caresse de sa main calleuse la joue des petits. Puis il retourne dans le salon pour attendre le retour de Louis et de Lucie.

— C'est ce que tu penses, que nous sommes prisonniers ?

— Évidemment. À commencer par nos corps. Nous des nôtres, vous de celui des autres.

— Je sens de l'amertume dans ta voix.

— Vous trichez avec la nature.

— Disons que nous la domestiquons.

— C'est plus que ça : avec votre médecine dévoyée, vous contrôlez le temps. Du coup, il ne passe pas de la même façon pour tout le monde : vous en avez beaucoup et nous pas assez.

— C'est vrai, du temps, nous en avons amplement. Nous l'achetons. Un prix élevé. Il nous sert à nous instruire, nous enrichir davantage, nous imposer ou nous faire oublier. Ce temps apporte aussi la lassitude.

— Dans les caves, nous rêvons parce que le temps nous manque pour nous forger suffisamment de souvenirs… Alors ne comptez pas sur moi pour vous plaindre !

— Votre existence est brève, c'est vrai, elle vous condamne à la rudesse et à la pauvreté. Mais elle vous permet aussi l'incandescence ! La durée vous est refusée, mais l'intensité vous est offerte. Alors qu'à nous qui disposons de la durée, l'intensité est refusée…

— Des mots tout ça ! Nous sommes en bas de l'échelle, livrés au bon vouloir des puissants. C'est ça, la vérité. Vous et moi, aujourd'hui, dans ce cimetière, ce n'est pas assez criant ?

8
Le froissement du sang

Clarisse s'étire langoureusement dans le vaste lit qui remplit la moitié de sa chambre. Clarisse est belle, elle est belle depuis longtemps. Les compliments sur ses cheveux roux, sa peau pâle et ses yeux verts, elle a l'habitude, la drague aussi, le désir des hommes sourdant de leurs regards impatients. Elle préfère les yeux des filles, parfois ils voient en elle plus loin que l'orée des pupilles. Oui, Clarisse est belle, elle est belle quand elle danse, elle est belle quand elle peint, elle est belle quand elle fait l'amour parce qu'elle vit alors – et alors seulement – le moment présent, le seul moment permis.

Son amante bouge à côté, déplace le drap, dévoile un bras et une jambe adorables, se cambre dans un soupir satisfait. C'est une créature gracile, évanescente, à la peau douce comme du velours. Clarisse sourit.

— Garance…

Garance lui sourit en retour. Elle prend des cours de peinture avec elle – c'est une élève occasionnelle.

Clarisse se rappelle leur première rencontre, dans un café. Garance l'a abordée, elle lui a dit : « Tu ressembles à la fille du dessin de Mucha, celui de la danse. » Clarisse, pour s'amuser, lui a répondu que c'était elle, et Garance a acquiescé sans s'étonner ni poser de questions. Mais il faut avouer que Garance est particulière. Ses yeux sombres se perdent dans d'insondables mystères. Ses cheveux donnent l'impression de retomber sur ses épaules avec un temps de retard. Clarisse lui a proposé de venir chez elle prendre des cours de dessin. Garance a fini dans son lit un soir, après lui avoir confié qu'elle préférait les hommes, mais qu'avec elle, elle voulait bien. Elle ne lui a jamais fait de remarques sur sa peau toujours fraîche, sur les battements de son cœur étouffés.

— Tu m'as bien fait jouir.

Toujours directe, Garance.

— Toi aussi ma chérie.

Clarisse laisse sa main se perdre sur l'épaule et le sein généreux de la jeune femme. Elle se rend compte que Garance l'a toujours tutoyée, depuis le premier jour. Elle plonge son regard dans le sien, vert d'étang sur nuit d'orage, tandis que Garance lui annonce :

— Je vais partir.

— Combien de temps ?

— Je ne sais pas.

— Rien de grave, j'espère.

— Mon père m'emmène en voyage. Il dit qu'il reste un endroit épargné, un endroit qui sent moins mauvais, où le ciel paraît presque clair : la Patagonie. Tu penses que c'est vrai ? J'aime déjà ce nom…

Mais Clarisse n'écoute plus Garance qui s'anime en évoquant son départ – ses illusions. Elle ne s'y attendait pas. La vie sans Garance, elle n'a jamais pris la peine d'y songer. Clarisse se laisse aller sur le dos, les yeux au plafond.

Garance sent que Clarisse est contrariée. Elle cesse de parler, pose un baiser sur ses lèvres.

— Belle comme tu es, tu trouveras vite quelqu'un pour me remplacer !

Cette fois Clarisse rit franchement.

— Le problème n'est pas là. Mais merci pour le compliment.

— De rien.

Garance se love dans les bras de Clarisse et l'embrasse encore.

Clarisse a laissé Garance à ses rêves. Clarisse a rendez-vous avec Sybille. C'est pour ça qu'elle a demandé à Garance de passer, pour évacuer son désir, apaiser ses émotions. Garance qui s'en va. Elle n'aurait pas imaginé. Elle s'étonne d'être touchée. À ce point. Il faudra vite qu'elle trouve quelqu'un.

L'air est chargé des effluves épais de l'hiver. Clarisse marche en silence vers les quartiers préservés, hume les parfums de la ville. Un chat court sur un toit, elle ne le voit pas mais sa présence l'emplit. Celle du pigeon aussi qui picore des miettes dans la rue d'à côté. Elle sent la brise sur son visage, un souffle d'air qui n'est pas encore là, qui arrive. Si elle se déconcentre, tout devient flou, les choses autour d'elle se figent lentement. Clarisse se meut dans un monde au ralenti.

Tout près un moteur ronfle, une voiture fonce, s'apprête à couper l'avenue encombrée de gravats, mais semble s'arrêter, comme engluée dans une gelée froide, lorsque Clarisse passe, lorsqu'elle traverse sous son museau, devant le véhicule, qui recouvre dès qu'elle s'est écartée sa pleine vitesse pour disparaître au loin derrière les immeubles.

Le *Bloody Mary* est un pub fréquenté par une clientèle triée sur le volet. De la table proche de l'entrée, Clarisse et Sybille admirent la dextérité du barman jonglant avec les shakers. Clarisse se tourne vers Sybille qui porte une robe de soirée, mais Clarisse l'a toujours connue comme ça, habillée en artiste.

— Où se déroule ton festival, déjà ?

— Dans la Drôme.

— On aime Bach dans la Drôme ?

— On y joue Bach et Mozart.

Clarisse commande deux bloody mary maison à un serveur aux yeux pâles.

— Tu vas jouer du Bach jusqu'à la fin ?

Sybille sourit, sa longue silhouette en équilibre sur le tabouret, et Clarisse admire ses courbes, l'ovale parfait de son visage encadré par des cheveux noirs coupés dans la nuque, éclairé par des yeux dorés. Sybille est une femme sublime.

— C'est comme si tu me demandais si je comptais t'aimer jusqu'à la fin… Oui, bien sûr. C'est de l'amour.

« La fin… », pense Clarisse en se retenant de frissonner tandis qu'elle répond :

— Tu parles de Bach ou de moi ?

Sybille rit.

— Des deux. Même s'il est plus facile d'aimer Bach que de t'aimer toi !

Clarisse fait semblant de la frapper.

— Tu es bête !

Clarisse boit une gorgée de son cocktail, s'étonnant encore une fois de cette tendresse dont les échos continuent à traverser les ans. Clarisse observe Sybille, perdue dans ses lignes mélodiques. Sybille, la pianiste aux doigts si fins.

— Debussy disait que Bach était un dieu bienveillant, un dieu qu'il fallait prier pour se préserver de la médiocrité.

Clarisse secoue la tête.

— Debussy a surtout eu l'audace d'interroger l'avenir. Sa musique est remplie de rythmes et d'harmonies qui s'interpellent, se confrontent, se répondent, c'est une musique peuplée de dynamiques qui s'entrelacent et s'assortissent entre elles. Une musique qui appelle à la mesure, à l'accord des divergences.

— Où veux-tu en venir ?

Clarisse tend la main, caresse la joue de son amie.

— Debussy a anticipé notre cécité, notre incapacité à s'envisager. Nous avons ravagé notre propre monde tout en rêvant de nous affranchir de notre nature. Nous avons travaillé à notre perte, cherchant dans les noirceurs de la technique les moyens de rendre l'humanité obsolète ! Il faut mettre un terme à cette hubris, Sybille… La musique aujourd'hui est muette, elle ne sait plus dire, comme au temps de Bach, les relations des hommes sous le regard du cosmos ! Elle nous indique clairement que nous avons fait fausse route. Si nous poursuivons dans cette voie, arrogants et indifférents, si nous continuons à plonger avec délice dans ce chaudron où se concoctent les désastres, c'est le monde lui-même qui finira par disparaître !

— Mais qu'est-ce que tu racontes ? La musique n'est pas muette, c'est toi qui ne l'entends plus. Parce que tu te réfugies dans la mélancolie d'une époque révolue.

Sybille a le visage sombre, celui des mauvais jours. Un silence. Puis Clarisse dit :

— Tu sais, ce sont la peinture et la danse qui m'empêchent de sombrer. Sans elles, le désespoir m'aurait submergée. Il faut que cela cesse. Je veux peindre et danser, non pas pour rester en vie, mais pour me remettre à vivre. Nous allons contre la nature depuis trop longtemps. Nous devons retrouver une humilité. Une simplicité.

— Et redevenir comme n'importe qui ? Vieillir ? Tomber malade ? Perdre notre force, nos sens décuplés ? Mourir ?

Clarisse plonge son regard dans les yeux de Sybille, aux pupilles vertes comme les siennes mais mâtinées de lueurs ambrées.

— C'est la mort qui donne son poids à la vie. S'il n'y a pas de miroir dans lequel se contempler, qu'est-ce qui prouve qu'on existe ? La vie perd toute raison d'être quand le temps s'étire à l'infini…

Sybille fronce les sourcils, toute proche de se mettre en colère. Clarisse soupire.

— Je sais que c'est difficile. Mais en abandonnant les artifices qui nous maintiennent, qui nous prolongent, qui nous augmentent, en cessant de trafiquer l'ordre naturel, nous connaîtrons d'autres joies. Nous nous sauverons en retrouvant notre capacité à nous émerveiller, en entendant résonner le rire des faunes ! Peut-être même que nous donnerons au soleil l'envie de se montrer de nouveau…

Sybille laisse échapper un rictus mauvais.

— C'est du délire.

Clarisse serre les dents.

— Au contraire.

— Imagine que d'autres se mettent à te suivre, à suivre ton exemple, à refuser les soins réguliers et les médications propitiatoires : où est-ce que tout cela nous conduira ?

— Vers davantage de sagesse et de sérénité.

Sybille regarde à nouveau Clarisse, tristement cette fois. Elle lève son bloody mary.

— Oublions ça pour l'instant et trinquons, si tu le veux bien.

— À quoi ?

— Au crépuscule. Et à l'aurore !

Clarisse se force à sourire.

Elles vident leur verre, la lumière des lampes se reflétant dans leurs yeux si étranges. Suffisamment lucides l'une et l'autre pour sentir dans ce toast le goût amer de l'irrémédiable.

Clarisse marche vers son appartement.

Avant de partir, Sybille l'a longuement – farouchement – serrée dans ses bras. Si Clarisse n'avait pas passé l'après-midi avec Garance, elle aurait cédé à une tendre pulsion. Clarisse souffre, parfois, de ne plus vivre avec une âme sœur – le temps figé isole, les jours éternellement semblables détachent. Mais la solitude n'est pas en soi un drame : c'est tout le reste qui est difficile. Que demeure-t-il quand la passion s'efface ? Quels morceaux d'essentiel façonnent le rosier emmêlé au jonc, ondulant de concert dans les frémissements du vent ? C'est ce que Clarisse se dit devant la vitrine d'une boutique qui lui renvoie l'image tremblotante d'elle-même, éloignée de Sybille par le manque de mort.

Soudain Clarisse a hâte d'être au solstice, de retrouver ceux qui, comme elle, par la magie noire des scalpels et des implants, se sont retrouvés prisonniers du froissement du sang dans le silence des cycles.

Pour les convaincre de renoncer. Convaincre de retrouver. Une pureté.

Ses pensées dérivent vers Garance.

Clarisse espère que la jeune femme sera encore là quand elle rentrera.

9

Ce que savent les chèvres

— Tu es prête ?

— Oui.

L'endroit sent l'humide et le cuir. Dans la cave de Gueule-de-chien, le seul ami véritable de Féral puisque Louis est d'abord chef de clan – Gueule-de-chien, un rejeté, un solitaire –, Féral et Livie se font face. Les poings sanglés par d'épaisses bandelettes, le visage concentré, tordu dans un rictus de joie sauvage. Féral grand comme un ours, Livie souple comme un chat, Féral torse nu – ses citatrices sont des entrelacs – et Livie en débardeur – ses tatouages sont des sortilèges. C'est elle qui attaque en premier, en poussant un cri de guerre. Féral esquive, souple étonnamment, tant de muscles, une telle masse, son pied part, cueille Livie au creux du ventre, elle grimace mais elle encaisse, tourne sur elle-même, balance la jambe, touche la mâchoire de Féral – elle a l'impression de heurter une enclume. Ils se tournent autour, s'observent.

— Tu bouges bien, Cœur-ardent. Tu tapes dur. Il te manque seulement un peu de masse.

Livie ne répond pas mais elle repart à l'assaut. Elle ne retient aucun de ses coups. Féral non plus et elle l'aime davantage, juste pour ça, pour son respect envers la cogneuse – elle ne veut pas être seulement la fille d'un lit, c'est hors de question. Elle pare de justesse le poing de Féral. Elle se bat et tout en se battant, en résistant à la puissance terrifiante de son amant, elle le trouve beau. Non, magnifique. Nimbé de la lumière falote que diffuse l'ampoule au plafond, dans l'atmosphère de catacombes sortie du fond des âges, Féral fait renaître le souvenir de temps anciens où l'on était plus grand, plus fort, plus sauvage qu'aujourd'hui.

— Tu te déconcentres, Livie.

Féral la cogne dans le ventre, lui coupe le souffle, lui arrache un gémissement. Elle est obligée de mettre un genou à terre.

— On en reste là ?

Un hurlement de rage. D'un bond Livie est sur Féral, martèle ses côtes, vise ses tempes, et lui n'a que le temps de s'abriter derrière ses poings gigantesques. Il recule. Elle le repousse contre le mur. L'affrontement vire au corps-à-corps. Livie se colle contre lui. Ils se figent tous les deux, leur poitrine seule agitée par des halètements. Livie se dresse sur la pointe des pieds. Passe sa langue sur la joue de Féral encombrée de poils, de poils épais comme ceux d'une bête, pour atteindre son oreille où elle souffle :

— Tes épaules touchent le mur… J'ai gagné.

Féral se rend volontiers.

— Tu veux quoi comme prix ?

— Un baiser.

Livie cherche les lèvres de Féral qui l'embrasse à pleine bouche et l'entoure de ses bras noueux dans lesquels elle se réfugie en ronronnant d'aise.

— Féral ?

— Oui.

— Dis-moi des choses. J'ai envie d'entendre ta voix.

— Tu veux que je te dise quoi ?

— Ce que tu veux.

— Ce que je veux… Tu connais l'histoire de la chèvre ?

Livie secoue la tête, surprise – la même surprise, sûrement, que celle qui avait saisi Féral quand son propre père s'était mis à raconter, lorsqu'il était enfant, juste avant qu'il assiste à sa première cogne.

Féral essaye de se rappeler, mais ce n'est pas facile, il n'a pas l'habitude de réciter. Alors il improvise, il se lance dans la narration comme dans un combat, en reprenant une partie des mots du père.

— La chèvre, elle affronte le loup, elle sait que c'est perdu d'avance mais tant pis. Elle se bat en attendant l'aube… Elle a désobéi à son maître en se rendant dans la montagne. Elle voulait seulement croquer les fleurs sauvages… Mais sans en avoir conscience, elle donne tout à coup à son existence de chèvre une épaisseur inconnue des autres bêtes…

Féral a envie d'ajouter : « Est-ce que quelqu'un sait seulement ce que savent les chèvres ? » Mais ça ne fait pas partie de l'histoire. Parler des chèvres ramène Féral vers le désert embrouillardé du Causse. Vers la maison où son père se meurt. Vers ses errances impétueuses sur les plateaux.

Livie lui prend la main.

— Quelle épaisseur, Tueur-de-brebis ?

Les yeux de Livie fouillent en lui. Donnent à Féral l'énergie – le courage – d'aller jusqu'au bout.

— Cette chèvre, elle montre au monde entier que la vie se moque bien de la durée ! La vie, elle veut l'instant et l'éternité… La chèvre a tout compris. Elle préfère quelques heures sur la montagne plutôt qu'une longue existence dans sa bergerie… Elle troque l'éternité des chèvres contre un instant, un éclair. L'espace d'une nuit à attendre les premiers rayons du soleil, le goût plus fort de l'herbe, la noirceur apaisante de la nuit ! Elle accepte le prix, le prix à payer pour vivre mieux. Elle va se fracasser dans un combat ultime, tandis que là-haut tremblent les étoiles. Et là, dans les yeux de l'autre bête, elle se voit pour la première fois…

Livie se fend d'un grand sourire.

— C'est une histoire magnifique !

Féral est ému. Il a enfin réussi à exprimer pour cette fille qui brûle dans ses bras ce qu'il ressentait au fond de lui. Et Féral comprend à présent que s'il n'a jamais oublié cette histoire, si elle résonne si fort après toutes ces années, c'est parce que c'est une chèvre qui lui a appris à être un homme.

La voix de Livie chasse ses pensées.

— La semaine prochaine, c'est le solstice. L'année à son point de bascule. En plein dans l'hiver, quelque part entre la fête des Morts et celle des Jumeaux...

Le visage de Féral s'assombrit.

— Les jours passent vite.

Livie laisse sa tête aller contre le torse puissant.

— Trop vite...

— Nous nous retrouverons tous à la surface pour deux nuits de fêtes.

— Nous passerons la première à danser !

— Et puis, au cours de la deuxième, nous allumerons un grand bûcher sous les étoiles invisibles, pour rappeler le soleil au cœur de la nuit la plus longue.

— En réalité, pour le supplier de revenir et de chasser la noirceur !

— Ça sera mon quarante-cinquième solstice.

— Moi mon vingtième.

— Cette année, c'est moi qui allumerai la torche noire des disparus. Je serai le plus vieux.

Livie caresse la joue de Féral.

— Je n'aime pas quand tu es triste.

Elle se musse de nouveau contre lui.

— Tu ne regrettes pas l'époque où l'on vivait une vie sauvage, l'époque où la forêt nous appelait ? Une vie selon nos propres règles, des règles qui collaient avec celles de la nature ? Une époque où ceux des caves rejoignaient les chèvres dans la montagne ?

Féral répond :

— Comment regretter quelque chose qu'on n'a jamais connu ?

— Je ne sais pas. Par nostalgie. Ou par espoir.

— Les deux sont dangereux…

— Plus que de dépérir lentement ?

Féral ne dit rien et le silence envahit la pièce, le temps pour Livie de pousser un long soupir.

— Féral ?

— Oui Livie ?

— Demain c'est soir de cogne, mais après-demain, j'aimerais qu'on passe la soirée ensemble. Je voudrais te faire une surprise.

— Ah ? C'est quoi ?

— C'est une surprise, j'ai dit. Je t'enverrai un message pour te dire où on se retrouve. Il faut que je prépare des trucs.

Féral veut poser d'autres questions mais il se retient. Il ne veut pas abîmer le moment. Il hoche la tête et grogne, un grognement pour signifier qu'il fera tout ce qu'elle voudra. Il embrasse Livie sur le front, respire ses cheveux. Il se rend compte qu'il ne veut plus rien d'autre à présent, qu'il n'attend plus rien de la vie que pouvoir respirer les cheveux de Livie.

— Calme-toi. Je ne voulais pas te blesser.

— Je n'aurais pas dû m'emporter. Ma réaction était idiote ! Parce qu'il existe des malédictions pires que celle d'être relégué dans une cave et de brûler trop vite ! Comme par exemple pousser des chariots sous une lumière artificielle, dans les travées de temples érigés à des choses mortes. Ou avoir pour chefs des corrompus, des renégats, des imposteurs, des voleurs et des traîtres. Ou bien être transformé en étranger dans sa propre maison. Ou alors dépendre, pour être heureux, des ballons, des casinos, des chansonniers et des feux d'artifice…

— Des malédictions, en effet.

— Ou encore prolonger, avec des produits et des machines, une vie à laquelle on cesse de s'attacher…

— Le choix parfois cesse d'être une option.

— Et pourtant, la vérité, c'est que tout dépend de nous. Toujours.

— Que veux-tu dire ?

— Moi je connais mes chaînes, j'en sens le poids : je pourrais m'en libérer.

— Qu'est-ce qui t'en empêche ?

— Tout. Et rien. Des habitudes. La peur.

— La peur de la mort ?

— De l'inconnu. Je n'ai pas peur de mourir, non. Tous ceux qui vivent sont mortels. Et puis, c'est de vivre sans savoir pourquoi qui est difficile.

— Tu le sais, toi, pourquoi ?

— À ma mesure.

— Dis-moi !

— Je sais que je n'ai que cette vie, trop courte, et qu'il m'appartient d'en faire quelque chose ou de n'en faire rien.

— C'est fascinant... Tu portes encore une trace durable de sauvagerie.

— Vouloir vivre pleinement sa vie, c'est de la sauvagerie ?

— Être décidé à la vivre selon ses propres normes, oui.

10

Des billets tachés de vert

Louis ouvre la porte épaisse, Lucie embrasse Féral, son haleine sent la nourriture des jours de fête.

— Bonjour Féral. On ne t'attendait pas. Entre ! Tu es le bienvenu.

Lucie s'affaire dans l'appartement, comme si le temps pris à faire traîner le repas était déjà de trop. Louis se laisse tomber dans le canapé. Il a mis une chemise neuve, s'est parfumé – exagérément.

— Je vous dérange... Je suis désolé.

— Tu ne nous déranges jamais, Féral. Nous fêtions une bonne nouvelle.

— Ah !

— Nous allons avoir un autre petit !

Féral s'assied à son tour.

— C'est formidable, Louis.

— Eh oui, le clan s'agrandit encore.

Féral dissimule son émotion. Ce n'est pas que la nouvelle en soi le bouleverse, un nouveau petit c'est formidable, c'est dans l'ordre des choses, mais l'espace d'un moment, d'un moment très court, il s'est mis à la place de Louis, et Lucie a pris l'apparence de Livie. L'espace d'un rêve, il s'est imaginé une autre scène : « Louis, j'ai une bonne nouvelle à t'apprendre, Livie et moi allons avoir notre premier petit ! » Mais Louis ne sait même pas que Livie existe. Et Louis a trente-quatre ans, ce qui est déjà vieux pour quelqu'un des caves, alors que Féral en a onze de plus – c'est presque un vieillard…

— Je t'offre quelque chose, Féral ?

— Un café, je veux bien.

Lucie lance depuis la cuisine :

— Je m'en occupe !

Louis observe Féral.

— Ça va ? Tu n'as pas l'air dans ton assiette.

— Ça va.

— Si tu le dis. Alors ? Que nous vaut ta visite ?

Féral prend une inspiration – et son courage aussi.

— J'ai un rendez-vous ce soir.

Lucie se met à rire dans la cuisine.

— Je te l'avais dit, Louis. Tu ne voulais pas me croire. Il faut faire confiance à l'instinct des femmes !

Louis secoue la tête pour chasser sa gêne.

— Bah, je pensais que tu étais irrécupérable, Féral.

Lucie pointe sa tête par la porte.

— On peut savoir comment elle s'appelle ?

— Livie.

— Elle est d'où ?

— C'est une fille des quartiers ouest.

Louis fait la moue.

— Pas les plus commodes.

Féral a l'impression d'être sous le feu d'un interrogatoire, ça le dérange, il a du mal à parler des choses qui comptent.

— Elle fait quoi ?

— Elle bosse dans un entrepôt.

— Et elle t'a donné rendez-vous ?

— Oui. C'est pas la première fois qu'on se voit ! On se plaît… Je crois plutôt que ce soir, on va officialiser la chose.

Il rougit et c'est étrange de voir cet homme bien plus grand et plus fort se tenir à côté de Louis comme un enfant. Louis sent tout l'embarras de Féral. Il pose sur son épaule une main réconfortante. Sa voix s'adoucit.

— C'est formidable, Féral, vraiment. On peut faire quelque chose pour toi ?

— Eh bien je me demandais… Tu n'aurais pas un costume à me prêter ? Elle m'a dit de prendre un costume…

Louis le regarde, interloqué. Il retient un éclat de rire.

— Féral, le seul costume que j'ai, c'est celui de mon mariage et même moi je ne rentre plus dedans ! Alors toi, n'en parlons pas… Mais il y a des magasins qui en louent.

Féral baisse les yeux.

— J'ai pas un rond, Louis. Tout passe dans mon loyer. Même les ruisseaux du Causse ne sont pas aussi secs.

Féral entend dans la cuisine un bruit de pot qu'on ouvre et qu'on referme, il voit Lucie entrer dans le salon à pas lents. Féral sent son regard peser sur lui – il voudrait être ailleurs, oh oui !

— Tiens, Féral.

Lucie lui glisse des billets dans la main. Les billets que Trois-doigts a donnés pour le chargement d'ifs – Féral les reconnaît, tachés de vert dans l'angle. Il secoue la tête.

— Non Lucie, je ne peux pas.

— Si tu ne les prends pas, j'y mets le feu, là, devant toi.

Féral voit que Lucie ne plaisante pas. Il referme sa grosse main sur la liasse trop mince.

— Tu es folle… Le clan en a besoin.

— Le clan a besoin de toi, et toi, il est temps que tu te trouves une fille ! Si ça peut y contribuer, ce sera l'argent le mieux utilisé de toute notre vie.

Féral ne sait pas quoi dire. Lucie regagne la cuisine. Féral se tourne vers Louis – Louis qui sourit d'un gros sourire niais.

— Tu ne dis rien ?

— Il n'y a rien à dire, Féral.

Il ajoute quand même :

— C'est pour ça que je l'aime !

Lucie revient presque aussitôt avec une tasse remplie de café qu'elle tend à Féral. Il se brûle les lèvres avec le liquide noir, ça lui fait du bien, il boit à petites gorgées. Il se dit, Féral, que sa vie aurait été bien différente s'il avait grandi au sein d'un clan et pas comme un solitaire. Il se dit aussi que Louis et Lucie sont les meilleures personnes qu'il ait jamais rencontrées.

Louis le regarde boire son café, hésite.

— Si tu as un moment, j'aimerais te parler.

Féral repose sa tasse, il est intrigué, le ton de voix a changé, ce n'est plus celui de Louis, c'est celui du chef de clan.

— Bien sûr, Louis.

— On va dans la cour.

La cour, c'est un morceau des anciens quais de déchargement où les camions venaient à cul pour libérer les bêtes terrifiées. Ils sont à présent défoncés et détruits, il ne subsiste plus qu'un carré de ciment au milieu des gravats, ouvrant sur l'extérieur par une vague trouée. Féral aime cet endroit. Louis aussi, c'est un endroit à l'abri des oreilles indiscrètes. Le froid est mordant, attisé par des souffles d'air intermittents, mais ils s'en moquent tous les deux.

— Tu as l'air inquiet, Louis. Qu'est-ce qui se passe ?

— Quelque chose se trame.

Féral fronce ses sourcils épais.

— Et quoi ?

— Des échos, des rumeurs. Rien de précis. Conflits, luttes de pouvoir chez les puissants…

— Tu as peur qu'on soit visés ?

Louis balaye l'éventualité d'un geste.

— Je crains l'effet de ricochet. Les dommages collatéraux, comme on a appelé ça un temps. Ça me rassurerait que tu viennes t'installer ici…

S'installer ici. Dans l'abattoir. Quitter sa tanière et ses habitudes. La quiétude de sa solitude. Et puis Livie – la possibilité de Livie tous les jours, rien qu'à lui… Le visage de Livie se met à flotter dans les pensées de Féral comme un fantôme dans les branches d'un arbre les soirs de brume. Déménager ? Hors de question.

Louis insiste.

— Le temps d'y voir plus clair.

— Franchement, Louis, tu as peur pour moi ?

Féral s'amuse à faire rouler ses muscles sous son maillot et ils rient tous les deux, ça fait descendre la tension. Mais le regard qui se pose sur Féral ne contient aucune joie.

— Je n'ai pas peur pour toi. C'est pour nous que je m'inquiète.

Féral redevient grave.

— Si ça chauffe, promis, je débarque dans l'heure. Tu as ma parole.

— D'accord Féral. Au moindre signe !

— Au moindre signe.

Louis fait une chose qu'il n'a jamais faite avant, il prend Féral dans ses bras, il lui donne une accolade, celle qu'aurait pu donner un frère à un autre frère.

11

Contre son cœur

Livie se hâte vers son rendez-vous. Livie préfère remonter à la surface la nuit, parce que la nuit reste plus sombre que le jour, elle efface mieux la laideur, elle dépose un voile plus épais, met en relief ce qui mérite de l'être et oublie le reste sous le tapis, comme une pelletée de poussière. Elle presse le pas, avec tout ça, ses envies de flâner, elle va être en retard. Tout se bouscule dans sa vie. Va trop vite. Féral. Arrivé sur son gentil chemin comme un menhir surgi de terre, contre lequel on se fracasse. Elle qui se moquait des filles du clan qui lui parlaient du choc d'un homme. Mais elle se moquait parce qu'elle ne savait pas, parce qu'elle croyait que ça ne lui arriverait jamais. Quelle ironie de la part du destin ! Si peu de temps. Et tellement ! Ils auraient pu ne jamais…

Féral est en costume, comme elle le lui a demandé. Un imperceptible soulagement détend ses traits – elle avait craint un instant, seulement un instant, qu'il moque son caprice et renonce.

— Féral ! Tu n'as pas trop attendu ?

— Non.

Féral se sent mal dans son costume, il a pris le plus grand mais il se sent serré dedans, il a envie de faire jouer ses muscles, de faire céder l'étoffe, mais il a laissé le reste des billets de Lucie en caution. Il jette des regards alentour, ses mains dans les poches pour se donner une contenance.

— Je peux te poser une question ?

— Bien sûr.

— Le costume, c'était vraiment nécessaire ?

— Oui.

— Pourtant, je vois bien qu'on est tout seuls.

— C'est pour moi que tu es habillé comme ça.

— C'est pas dans mes habitudes…

— Eh bien justement ! Je voulais voir si tu étais capable de faire quelque chose d'inhabituel. Quoi qu'il t'en coûte. Et quoi que ça te coûte.

Féral grogne mais n'insiste pas, il voit bien que ce n'est pas le moment. Il emboîte le pas à Livie qui prend la direction de la Seine.

À cette période de l'année, les bords de fleuve sont déserts. Plus encore au milieu de la nuit, quand les métros ont cessé de rouler. Et quand le froid est vif. Livie aime cet endroit, les quais défoncés, avec l'île Saint-Louis pas loin, les arbres sombres à l'écorce de cuir qui tendent leurs branches, qui tentent de déchirer les ombres de leurs bras squelettiques.

Livie sort de son sac une petite enceinte connectée, la pose sur un plot en ciment, entraîne Féral par le bras.

— Qu'est-ce que tu fais ?

— Je vais t'apprendre à danser.

Féral s'affole.

— C'est ça ta surprise ?

— Oui.

— Livie ! Je ne sais pas danser !

— C'est ce qu'on m'a dit. Il faut y remédier d'urgence. On va bientôt fêter le solstice. Il y aura des bals partout.

— Je n'aime pas danser…

— C'est faux, Tueur-de-brebis. Tu danses chaque semaine dans l'arène ! La cogne, la danse, c'est pareil, c'est affaire de rythme et de mouvement.

Féral l'observe, et tandis qu'il l'observe, Livie ne détourne pas les yeux.

— D'accord. Montre-moi.

Dans le regard de Féral il y a un abandon soudain, une tendresse si profonde que Livie est décontenancée. Quel cadeau il vient de lui faire – sa confiance ! Elle voudrait l'embrasser, là, tout de suite, sauvagement, mais elle refrène sa nature brûlante, elle s'est promis de le faire danser. Elle se contente de lancer un baiser dans les airs.

— Je vais t'apprendre la mazurka. Ce n'est pas n'importe quelle danse : c'est celle de l'amour…

Elle prend sa main gauche – énorme ! rugueuse ! – dans sa main droite, plaque son bras droit autour de sa taille et sa main gauche sur son épaule.

— Je vais t'aider à mener. C'est une danse à trois temps et à quatre mouvements. Ça donne : poids sur le pied gauche, poids sur le pied droit et saute sur le pied droit. Et puis poids sur le gauche, poids sur le droit, poids sur le gauche. Et tu recommences de l'autre côté, pied droit, pied gauche, pied gauche, pied droit, pied gauche, pied droit. En gros, trois pas de mazurka, trois pas de valse, trois pas de mazurka, trois pas de valse.

Féral est attentif, il fait de son mieux pour suivre les indications de Livie mais il piétine sur le sol glacé, aussi gracieux qu'un ours. Livie sort son téléphone de sa poche, lance l'application et un air joyeux se répand sur le quai depuis l'enceinte.

— Ça sera plus facile avec la musique.

Le corps puissant peine à se mouvoir, bouge à contretemps.

— La musique, Féral, écoute la musique !

Féral, malgré le froid, transpire à grosses gouttes.

— Essaye d'être plus souple. Mets ta main dans mon dos, entre mes omoplates, tu sentiras mes mouvements.

Docile, Féral s'applique mais on ne s'improvise pas danseur, il faut des heures de pratique. Et Féral a peut-être les gestes de la cogne dans le sang et l'habitude des corps, mais la mazurka lui échappe. Qu'importe,

Livie retient un sanglot que Féral ne perçoit pas. C'est avec lui qu'elle aurait voulu danser, le soir du solstice, au bal des bords de Seine… Elle ne l'aura pas à ses côtés, alors qu'elle en aurait tant eu besoin… Livie se force à respirer, lâche prise, accepte avec tendresse la maladresse de son cavalier. Elle s'accommode de son dandinement grotesque, de son décalage persistant avec les mesures, de son incapacité à saisir les phrases musicales. Elle se résigne à cette danse d'un soir, à ce partage éphémère – sans réserve. Ils sont l'un contre l'autre, ils dansent mal, mais ils dansent, elle avec patience, Féral avec application – il est à la torture mais qu'importe, ça plaît à Livie de le sentir debout contre son cœur. Veillée par les arbres endormis, bercée par la Seine chargée de boues et d'humeurs lugubres, Livie oublie l'entrepôt et les palettes. Elle danse, elle pourrait danser la nuit entière. Elle se rappelle quand elle apprenait, quand elle était jeune, une femme lui avait dit : « La mazurka, c'est la plus belle des guinches ! La plus douce. La plus câline. Celle qui permet à une fille d'être intime avec quelqu'un sans qu'elle ait besoin d'enlever ses vêtements ! » Ça avait été le coup de foudre avec cette danse, et le début d'une passion pour toutes celles qu'elle avait découvertes ensuite.

La respiration de Livie s'accorde aux battements de cœur de Féral, bien plus réguliers que les pas qu'il esquisse. Elle songe : « La vie devrait toujours battre à ce rythme. » Livie aime sentir le bras de Féral dans son dos, la pression qui s'affirme, qui se relâche pour l'inviter à bouger, les effleurements. Son front se penche vers sa poitrine, elle ferme les yeux – mais c'est pour mieux entendre.

La musique fait une pause. Féral en profite pour chuchoter à Livie.

— Quand tu danses, tu ressembles à un papillon. Moi aussi d'ailleurs !

— Toi ?

— Un papillon empêtré dans sa chrysalide.

Livie rit et son bonheur est double parce qu'elle sait que Féral adore ça, quand elle rit. La lumière lointaine d'un réverbère s'accroche dans ses cheveux, arrache des éclats blonds. Tandis qu'une autre mazurka commence, elle va à l'oreille de son cavalier :

— J'adore danser avec toi.

Elle sent Féral étonné.

Lorsque la danse s'achève, Livie reste un moment encore blottie contre Féral. C'est l'effet de la mazurka : on aimerait – Livie au moins – qu'elle ne s'arrête jamais.

— J'aime beaucoup notre discussion. Malheureusement je vais devoir m'en aller.

— Il y a de la tristesse dans votre voix.

— C'est vrai ? Je ne m'en rends pas compte.

— Vous auriez un dernier conseil à me donner qui m'aiderait à réussir ma… mission ?

— Il faut utiliser la ruse. Réussir à t'approcher tout près. Et frapper sans hésiter.

— J'imaginais bien quelque chose comme ça.

— Il y a un endroit où elle aime aller : un bar des quartiers préservés. Et puis sa passion pour la danse. Deux occasions de nouer le contact.

— J'ai lu ça dans vos notes.

— Un détail important : elle aime les femmes. Dans un lit les défenses tombent. On se laisse aller. On ferme les yeux.

— Vous aimez les femmes, vous aussi ?

— Oui.

— Vous avez couché avec elle…

— C'est pour ça que je te dis que c'est la meilleure manière de procéder. Tu as l'air choquée : il n'y a pas d'amours de cette sorte dans les caves ?

— Tout est dans la nature, après c'est affaire d'essence et de goût. Je suis seulement surprise par votre froideur. Vous me demandez de tuer quelqu'un dont vous avez partagé les caresses et les soupirs.

— Notre cœur bat très lentement, tu sais.

12
Une flamme sous la cendre

Féral se tient dos contre le mur, au contact de la pierre froide. L'immeuble derrière lequel il se dissimule s'élève au-dessus de lui comme la paroi d'une falaise – d'un donjon. Il a choisi une zone d'ombre, et le vent – le léger flux d'air – lui est favorable. Il attend. Combien de temps, il ne sait pas, il s'en moque, il est là où il doit être ce soir. Le soir des bals du solstice. Le soir où tout le monde va danser – mais pas lui. Son cœur bat tranquillement mais Féral est conscient qu'il peut s'emballer sans crier gare. Fait-il bien de faire ce qu'il fait ? Sûrement que non. Mais il doit se libérer.

La nuit est froide. Alors les étoiles brillent plus fort. S'il vivait au temps de son grand-père, il les verrait sans doute, mais la lueur diffuse du ni-jour ni-nuit, comme il l'a dit au petit Sylvain, le contraint à les imaginer seulement.

Pour tromper son attente, Féral sort de sa poche l'ouvrage que Livie a laissé un jour pour lui, le livre des *Songes*. Il s'amuse à l'ouvrir au hasard, c'est un jeu qui lui plaît et qui lui a jusqu'à présent toujours porté chance.

« Je suis le voyageur trempé, le chevalier errant, le héraut qui va à pied par des chemins innombrables, la table faite ronde pour la ronde du monde… »

Ça fait naître beaucoup d'images dans la tête de Féral, des images qui l'entraînent encore sur le Causse, sur le plateau marqué par la présence templière et par la guerre de Cent Ans. Féral a beaucoup soupiré, quand il était enfant et qu'il avait les pieds nus, devant les tours, les remparts, les chemins parcourus autrefois par les chevaliers, ces hommes de fer qui chevauchaient en brandissant leur libre arbitre et leur volonté en même temps que leur bouclier cabossé de coups ! Joie et douleur de la quête. Les vertus humaines à leur sommet. Féral le sait, que dans les rêves des enfants il y a toujours de la place pour un homme à cheval, un homme en armure, bon avec les pauvres et fier avec les riches, portant la lance et l'épée, un homme attentif aux murmures du monde, laissant dans son sillage une traîne de lumière ! Parce que les bonnes actions vaudront toujours mieux que les mauvaises, la loyauté mieux que la trahison, le courage que la lâcheté, Féral se dit que le chevalier arpentera toujours leurs pensées. Si Féral était né à un autre moment, alors il serait devenu chevalier ! Mais Féral est un fruit du ciel sombre et il a dû composer avec les songes et les contraintes de sa propre existence.

« Je suis le voyageur vorace, le guerrier de batailles stellaires, le râle d'hommes qui sont encore et presque morts, la grogne des dragons, la lame de glace qui déchire les chairs, qui dévore les corps… »

Lorsque son père s'est éteint comme une flamme sous la cendre, à l'âge de ses premières cognes à lui, Féral s'est enfui. Pendant des jours, il a couru les hautes terres, ivre de douleur et de joie mêlées – il était seul mais il était libre. Il a arpenté les bois rongés par la lèpre nocturne et chassé les sangliers hagards, les chevreuils affolés, les lièvres filant sur les océans d'herbe – Féral était plus rapide encore. Il s'est gorgé de vents âcres et de ciels livides, de boue mauvaise et d'obscurité frémissante, il a semé la terreur dans les troupeaux laissés sans surveillance, provoqué les aboiements sans fin des chiens immenses et blancs. Et quand il est sorti de sa furie, quand les hallucinations ont cessé sous les coups de la fatigue et de la lassitude, il est rentré à la ferme. Le corps de son père avait été enlevé. Surtout, les brebis étaient parties. Emmenées dans une ferme voisine. Alors Féral a convoqué la brume. S'est rendu là-bas sans faire de bruit. Les chiens ont jappé, pas longtemps – Féral a grondé et ils se sont tapis au fond de leur niche. Féral a forcé la porte de la bergerie. Au milieu du silence apeuré, il est entré dans une autre furie, sanguinaire, il a égorgé les bêtes de ses propres mains. Elles n'étaient pas nombreuses, les malheureuses, mais elles appartenaient à son père, et si son père ne pouvait plus caresser ses brebis, leur parler comme on parle à des filles, alors personne d'autre n'en avait le droit !

« Je suis le voyageur en sandales, le pèlerin aux pieds poudreux marchant vers les étoiles… »

Féral ensuite ne s'est pas rendu tout de suite à Paris. Il a tenté l'inconnu, l'errance comme un pèlerin, à pied sur les routes noyées de pénombre. Il s'est fait chasser par de nombreux clans – les clans voient d'un mauvais œil les solitaires. Il a posé son sac dans quelques grandes villes, fréquenté beaucoup d'espaces de cogne. C'est là qu'il a appris. Là qu'il s'est rendu compte qu'il était bon – qu'il aimait ça. Quand il a frappé à la porte de Louis – le clan, éparpillé, n'habitait pas encore le bâtiment qu'il occupe aujourd'hui – il était maigre et efflanqué. Agité. C'était le dernier endroit. Sa dernière chance. Avant de quitter le clan, pour des raisons secrètes emportées dans la tombe, son père avait été l'ami du père de Louis. Alors Louis l'a accueilli. Sans une hésitation. Hébergé. Nourri. Il lui a donné un travail et offert une fonction dans le clan – une raison d'être. Féral ne l'a jamais oublié.

Féral ne porte pas de regard amer sur cette période qui l'a forgé et trempé comme un forgeron façonne une lame. Il regrette seulement, sincèrement, la mort des pauvres bêtes tremblant dans leur bergerie. Mais peut-on revenir en arrière ? C'est la somme des actes accomplis qui fait une existence – et elle bourdonne de tant de folies ! Tueur-de-brebis… Il y a des patronymes qu'on porte toute sa vie comme une cicatrice, une cicatrice pense-bête – panse-bête. Un rappel salutaire trop souvent tardif : celui que les outrances ont un prix.

Une silhouette féminine – la poitrine de Féral se soulève – surgit fugacement dans la lumière des réverbères avant de se fondre dans la nuit. Féral range le recueil dans sa poche et s'enfonce un peu plus dans l'ombre. Le pas qui s'éloigne claque fort sur le goudron de la rue. Féral attend un moment – une distance convenable – puis commence sa filature, silencieux comme une ombre.

13

Des papillons affolés

Clarisse sautille d'un pied sur l'autre au bord du quai, un œil sur le coin de la rue, un autre perdu dans le halo du réverbère où battent les ailes décolorées de grands papillons affolés. La nuit est affreusement noire. Clarisse attend, elle attend sa jolie cavalière, rencontrée un soir au *Bloody Mary* – il fallait bien remplacer Garance. Clarisse voudrait qu'elle se dépêche, elle a envie de danser. Clarisse, quand elle ne peint pas, aime les sortilèges confectionnés par les violons, tissés par les accordéons. C'est avec ça, et les teintes aurorales sur les toiles blanches, et les extases charnelles qui éclaboussent ses nuits, c'est avec la danse qu'elle résiste à l'ennui… Alors quand une silhouette se matérialise dans la lumière artificielle et avance à grands pas, Clarisse sent son cœur frémir.

— Livie ! Je me demandais si tu allais venir.

Livie est habillée d'une simple robe, elle lui tombe jusqu'aux pieds et elle met en valeur sa plastique superbe – elle est rouge sang. Un très léger maquillage souligne ce qu'il faut et pas plus, sur son visage.

Ses cheveux blonds sont délicatement maintenus par un pic en fer forgé, gravé de runes. Clarisse a envie de l'embrasser. Mais elles n'en sont qu'aux prémices, au moment où deux créatures se plaisent, se tournent autour, allument des lanternes pour pouvoir se livrer l'une à l'autre en pleine lumière.

— Désolée Clarisse ! Je suis venue à pied. Ça a commencé ?

— Pas encore. Viens.

Clarisse refrène son trouble, prend par la main la jeune femme aux yeux de braise. La blonde et la rousse – Clarisse a choisi de laisser sa chevelure libre, de confier son corps parfait aux plis d'une robe vaporeuse, pleine de reflets verts, verts comme ses yeux. Elles gagnent le gigantesque parquet dressé pour l'occasion, ouvert sur le fleuve, palpitant sous l'étreinte des ombres, déjà rempli par une foule de gens venus fêter le premier jour du solstice. Des lieux comme celui-là, il y en a beaucoup ce soir. Mais Clarisse a convaincu Livie de venir ici, à côté de la Seine, à cause des musiciennes qui vont jouer toute la nuit – Clarisse les adore, pour la douceur de leurs mélodies et l'énergie qu'elles réveillent.

Sur l'estrade, face à la troupe de danseurs, deux femmes empoignent leur accordéon. Quelques mots de bienvenue et c'est parti, un cercle, une ronde qui se gonfle et se dégonfle au rythme des halètements des accordéons, et ça virevolte, ça s'enlace, ça se sépare, Clarisse danse avec une autre, et puis une autre – le cercle au début pour que se fasse le ciment, le contact, pour transformer une foule d'inconnus en complices éphémères, bien au-delà des différences, unis par la danse et l'espoir d'une aurore.

Le cercle se défait. Clarisse s'empresse de retrouver Livie.

— Ça fait du bien !

— Oh oui !

Clarisse observe Livie avec curiosité. C'est la première fois qu'elle courtise quelqu'un des caves, et l'excitation se mêle à son désir – un désir attisé par le départ de son ancienne amante. Beaucoup de bruits courent sur ceux qui se battent dans les sous-sols. Dans sa bibliothèque, plusieurs études leur sont consacrées. Mais Clarisse sait que les livres savants ont leurs limites et qu'ils ne peuvent remplacer l'expérience. Elle se demande pourquoi, pendant toutes ces années, elle n'a jamais pris la peine d'aller voir. Clarisse connaît la réticence des cogneurs à accepter les étrangers, et à se mêler aux autres – leur sauvagerie, leur tempérament exalté. Un ami autrefois avait chez lui une fille comme Livie. Il la retenait contre son gré, il s'en servait comme domestique et abusait d'elle exagérément. Clarisse n'a jamais fait ça – ne le fera jamais. Mais cet homme parlait de ses exploits amoureux avec des lueurs dans les yeux. Clarisse se demande si Livie est pareille, elle l'espère – pour le tempérament ! En tout cas sa présence ici, dans le cercle, loin de son propre clan, annonce un être particulier. D'ailleurs, Livie n'a pas tiqué quand Clarisse s'est approchée d'elle, pourtant elle a deviné tout de suite qui elle était – aux antipodes des caves ! Elle ne sait pas encore si Livie aime les femmes, mais la fille à la peau brûlante a bien voulu danser dans ses bras. Un esprit ouvert, c'est tout ce que Clarisse demande. Pour le reste il y a les mots, les caresses furtives. Les regards.

L'air est glacé mais ni Clarisse ni Livie ne le remarquent. De la buée s'échappe des bouches. Déjà retentissent les premières notes de la danse suivante, les musiciennes ne veulent pas laisser le froid envahir les lieux. Clarisse invite Livie à venir plus près. Livie hésite mais accepte finalement, approche son corps du sien. Même taille. Même densité. Mais du blond de blé et du roux d'incendie, une peau tannée par le labeur et un derme poli par les lampes des centres médicaux. Mais un cœur battant à cent à l'heure et une poitrine qui se soulève à peine. Mais des yeux de ténèbres et des iris couleur d'eau. Clarisse est de nouveau troublée. Elles dansent ensemble, serrées, s'épargnent les variantes qui servent à s'amuser.

Autour d'elles, on les regarde, pas parce qu'elles dansent ensemble – c'est courant deux filles qui dansent – et pas non plus parce qu'elles dansent bien, mais parce qu'elles sont belles. Et trop légèrement vêtues pour la saison. Alors Clarisse se laisse porter par les regards, elle se laisse emporter par la musique et, délicatement guidée par sa cavalière, enjambe les phrases mélodiques, prend appui sur un bref silence, glisse un pied, en lève un autre, chavire. Avec Livie elle retrouve ses marques, se réapproprie le jeu subtil des distances. Clarisse pense aux bals qui existaient à la cour de Louis XIV, le roi danseur et musicien, à ceux donnés par Frédéric de Prusse aussi, aux hiérarchies exprimées par la richesse des modes musicaux de l'époque – hautes danses ou basses danses selon que le pied était levé ou glissé sur le parquet. Brusquement s'immisce en elle le désir d'un corps à effleurer, un corps comme celui de Livie.

Livie est ailleurs. Elle danse mais elle n'est pas là – Clarisse le sent, le sait. Elle murmure à Livie – un prétexte de plus pour coller sa joue fraîche contre celle, brûlante, de la jeune femme :

— Tu penses à quoi ?

— Je ne pense à rien.

Mais sa voix tremble. Clarisse prend ça pour un signe, le signe qu'elle n'est pas la seule à être troublée.

La musique entraîne ensuite les danseurs dans une chaîne lente et saccadée, piétinements codifiés, moulinets des bras pour respirer, dégager la poitrine, le souffle, tout est dans le souffle, même si celui de Clarisse est infime – et tout est dans la musique qui est magie. La chaîne s'enroule, se déroule, évolue en spirale, remplit l'espace, danse serpentaire, tellurique, où chacun est un, fondu dans un tout, dans un rituel ancien qui appelle quelque forme obscure de divinité. Obéissant ensuite aux instruments, Clarisse et Livie tournoient comme des feux d'artifice, avant – mesures suivantes – de se défier en se croisant, en se frôlant, en se tournant autour, sans se quitter des yeux. Livie prend du plaisir à danser, Clarisse le voit, Clarisse découvre la vérité contenue dans les mots qu'elle a lancés à Sybille : laisser de nouveau parler la nature ! Clarisse évolue sur la piste, heureuse de cette confirmation, son corps à la fois réceptacle d'une magie vibratoire intense et restituteur d'une fièvre communicative.

Et puis les musiciennes annoncent une mazurka.

— J'aimerais vous poser une dernière question !

— Bien sûr. Mais fais vite.

— Vous auriez laissé vos amis me tuer si je n'avais pas hurlé ?

— Ce n'est pas ton hurlement : c'est la rage qu'il y avait dedans. Le refus de céder, seule contre trois. Ton courage m'a troublée.

— C'est mon courage qui vous a poussée à intervenir ?

— Le courage est une belle vertu.

— Je vous en veux d'avoir exigé, en échange de la vie sauve, ma parole de vous rendre service un jour…

— Tu étais venue nous voler.

— Un simple pari avec mes amis !

— Par leur impact, les actes comptent davantage que les intentions.

— J'étais jeune et bête…

— Je suis désolée.

— Pas autant que moi !

— Tu sais qui est enterré sous cette pierre, sur laquelle nous sommes restées assises tout ce temps ?

— Un mort.

— Un musicien. Debussy. Tu sais ce qu'il aurait dit de tout ça ?

— Que vous devriez arrêter de venir dans ce cimetière. Ça ne vous fait pas de bien.

— Tu as peut-être raison. Les morts me donnent le sentiment d'avoir quitté une fête sans dire au revoir.

— À propos d'au revoir, ce n'est pas le moment de nous séparer, vous en me souhaitant bonne chance et moi en vous envoyant au diable ?

— Tu as raison, je me suis déjà trop attardée. Mais avant…

— Qu'est-ce que c'est ?

— Quelque chose que j'ai envie de t'offrir.

— Un livre ?

— Les Songes du chamane.

— Ça parle de quoi ?

— Ça parle de gens comme toi.

— Vous me faites un cadeau ?

— Parce que je t'aime bien. Allez, prends-le.

— Bon. Eh bien merci. Pour le livre.

— Je te souhaite bonne chance, Livie.

— Pas sûr que ça suffise…

14

Le rythme appris des noirs archanges

Clarisse l'attendait impatiemment, cette reine des danses au rythme ensorcelant qui tisse des figures joyeuses ou langoureuses, appelle des bercements, suspensions, tours et tourbillons, tout à l'initiative de la meneuse – tout en réalité à celle de la menée, car celle qui mène imprime aussi à la danse les envies de celle qu'elle tient dans ses bras. Si elle est assez douée… Mais Livie danse très bien la mazurka, alors Clarisse s'abandonne encore, se confie à ses humeurs à elle, à ses intuitions. Elle lui glisse :

— Je me sens bien dans tes bras, Livie.

Livie ne répond pas, garde les lèvres serrées. Clarisse interprète son silence pour de la retenue, pour des hésitations quant à la suite – explicite. Elle décide de ne pas la brusquer.

Clarisse laisse aller ses pensées, prise par la cadence singulière de cette danse qu'elle adore, par le rythme appris des noirs archanges, comme l'écrivait le poète : « Si mon âme se perd dans les gammes étranges… J'y peux trouver encor comme un reste d'oubli… » Le deuxième temps, enlevé-sauté, un marchepied vers le ciel ! Ah, la mazurka. Comme un ballon ovale dans le quadratique de la piste, un dé pipé sur un tapis de jeu, une course aléatoire contre les obstacles, un mécanisme capricant – haletant... Clarisse sent la chaleur du corps qui se colle légèrement au sien, le contact des mains de Livie sur la sienne et dans son dos. Elle suit les sollicitations délicates de sa cavalière, reste un instant immobile, en équilibre sur un pied comme au sommet d'une vague, puis se laisse retomber, glisse, entame avec Livie un jeu de poursuite avec ses accélérations et ses redoux, ses déséquilibres et ses rétablissements. Clarisse ferme les yeux, se concentre sur les notes des instruments, sur les mouvements que Livie initie. La limite se brouille entre les deux danseuses, entre les deux corps qui cherchent à ne plus faire qu'un. Deux genoux qui se frôlent, deux jambes qui se touchent, qui finissent par donner seules leurs envies à la danse, tourbillons amples ou déplacements furtifs, intériorisés, simples changements d'appuis qui deviennent par la grâce des danseuses une langue secrète dans laquelle naît la promesse d'une histoire. Dans laquelle se cisèle un désir. Clarisse sait l'érotisme de la mazurka. Combien de fois a-t-elle reçu contre sa cuisse, contre son ventre, le compliment secret – l'érection orgueilleuse ou gênée du cavalier – jusqu'à ce qu'elle décide de ne plus danser qu'avec des filles ?

La pensée de Sybille s'immisce dans son esprit. Clarisse n'a jamais réussi à l'entraîner dans un bal, c'est son plus grand regret. Tout aurait été plus simple entre elles à la lumière de la danse, elle en est persuadée. Car la danse offre de bouleverser les frontières, en incitant à la communion au lieu de la confrontation, à l'écoute plutôt qu'au monologue. Oui, la danse appelle, dans le côtoiement et les frôlements, au partage harmonieux d'un espace. Elle annonce, par les corps qui s'abandonnent sans se donner, l'avènement d'une entente. Elle célèbre, au cœur de l'intime, une estime authentique…

Les mazurkas que jouent les deux musiciennes sont magnifiques. Clarisse sent Livie qui succombe tout à coup et qui se presse contre elle, sans ambiguïté. La surprise passée, elle se dit que Livie a balayé ses interrogations, que les choses iront plus vite que prévu, que cette fille inespérée l'accompagnera chez elle quand les accordéons se tairont – Clarisse habite dans le quartier, tout près, ses appartements sont à deux pas – pour recommencer le bal mais cette fois à l'horizontale…

Elle se dit tout ça, Clarisse, quand une douleur aiguë éclate dans sa poitrine. Une douleur comme elle n'en a jamais connu. Clarisse hoquette, elle titube. Se dégage des bras de Livie. Une tache de sang grandit sur sa robe, dévore le vert du tissu. Du sang rouge, léger, du sang presque rosé. Une pointe est fichée dans sa chair, juste en dessous du sein gauche. Clarisse regarde sans y croire l'arme qui l'a blessée. C'est un pic à cheveux. Le pic à cheveux de Livie. Elle lève les yeux sur sa cavalière qui a reculé d'un pas, les cheveux flottant à présent sur sa nuque, libres, privés d'ancrage.

— Toi ?

Le regard de Livie est noyé de larmes.

— Je n'avais pas le choix. Je devais payer ma dette.

Les danseurs se sont arrêtés de danser, les musiciennes de jouer. Des cris résonnent. Un mouvement de panique gagne le bal. Clarisse attrape le pic dans ses mains et l'arrache de sa poitrine, sans un cri. La pointe de métal gravée de runes tombe sur le sol. Tache le plancher de quelques gouttes couleur rubis. Clarisse relève la tête. L'expression qu'affiche son visage n'est plus amoureuse ni stupéfaite : elle est terrible.

— Tu as manqué le cœur !

Sa voix siffle. Livie écarquille les yeux.

En une enjambée Clarisse est sur elle. Alors la foule s'anime, s'affole, panique en bousculades et glapissements, tandis que Clarisse entraîne Livie hors du parquet, loin de la Seine, en direction des bâtiments tout proches. Livie est sous le choc encore de son geste fatal. Clarisse ne lui laisse aucune chance sous sa poigne brutale, elle la pousse, hébétée, sous un porche – trop éclairé – avant de s'engouffrer dans une cage d'escalier, d'attraper une volée de marches que Livie, bousculée, grimpe en trébuchant.

Lorsque Clarisse s'arrête enfin, elles sont sur le toit – carré – d'un immeuble. Non loin de la foule des danseurs dont on entend encore les cris. Avant que Livie ait le temps de reprendre ses esprits, les mains de Clarisse viennent enserrer son cou.

Clarisse n'est plus la jolie femme qu'on regarde, plus la valseuse en apesanteur, plus l'amante en quête de volupté. Plus la peintre aux yeux grands ouverts s'émouvant d'une aurore. C'est à présent une mécanique inhumaine, une tueuse froide, son corps mû par une énergie devenue folle.

Malgré sa vivacité et sa jeunesse, Livie ne parvient pas à se soustraire aux doigts qui lui tiennent la gorge. Les coups qu'elle donne à Clarisse – des coups de plus en plus faibles –, elle pourrait les donner à un sac rempli de sable.

— Qui t'a demandé de me tuer ?

Livie serre les dents, respiration hachée, elle défie Clarisse du regard.

— Tu ne veux pas répondre ? Ah, ce n'est pas difficile à deviner. Cette garce ne perd rien pour attendre !

La voix de Clarisse ne siffle plus, elle grince, elle feule de mille nuances affreuses. Un sourire triste déforme ses traits.

— Tu vas mourir, Livie. Une fraction de seconde suffirait. Si je tarde, c'est pour le plaisir de voir la vie te quitter lentement. Tu m'as trahie ! J'allais t'offrir mon amour. T'ouvrir mes bras. Quelle déception ! Quel gâchis…

Le regard de Livie se voile. Il chavire. Ses bras retombent mollement le long du corps. Un souffle, un dernier souffle. C'est bientôt fini. Elle était jeune. Et si amoureuse.

C'est à ce moment-là, au moment où la gorge de Livie est sur le point d'être broyée, qu'une masse énorme s'abat sur Clarisse, une masse éperdue de détresse et de fureur qui la projette au loin, près du bord, tout près du muret qui délimite le vide.

Clarisse se relève lentement. Elle voit Livie dans sa robe rouge glisser sur le sol au ralenti, s'effondrer comme un morceau de chiffon. Elle voit un homme, un homme colossal aux muscles saillants, aux veines épaisses, se tenir près de la silhouette inanimée et darder sur elle, Clarisse, un regard chargé de haine.

— Mais qu'est-ce que tu es ?

Seul répond à Clarisse un hurlement désespéré.

15

Attendre l'aube

Depuis sa cachette, Féral regarde Livie qui danse au milieu de la foule, au bras de cette femme superbe. L'autre soir, quand c'était son tour, concentré sur ses pieds pour ne pas écraser les siens, il ne s'est pas vraiment rendu compte à quel point Livie était gracieuse. Il lui a seulement dit qu'elle ressemblait à un papillon – c'est la première chose qui lui est passée par la tête. Livie danse et Féral se surprend à ne pas être jaloux. Peut-être que si elle avait choisi un cavalier au lieu d'une cavalière… Il ne sait pas. La seule chose qu'il sait, Féral, c'est qu'il ne sera jamais capable de virevolter avec Livie de cette manière. Livie danse et il regrette de l'avoir suivie, simplement parce qu'il était intrigué par sa décision de ne pas rejoindre son clan pour les festivités. Il regrette d'avoir laissé les doutes l'envahir, d'avoir imaginé des choses dont il a honte à présent. De s'être laissé gagner par une sourde – une sombre – intuition.

Livie danse et il se promet de ne plus jamais l'épier.

Mais des cris tirent Féral de ses pensées. Là-bas, sur le parquet, quelque chose est en train de se jouer. Livie s'est écartée de sa partenaire qui titube, prise de malaise. La panique gagne tous les danseurs comme un feu d'herbe sèche. Féral ne saisit pas la vérité du moment – comment le pourrait-il – mais il bondit sans réfléchir, jaillit de sa cachette, court en direction de Livie, de sa cavalière qui a cessé de vaciller. Son instinct lui hurle des abominations. Et puis, alors qu'il est encore à quelque distance des danseurs, la foule en panique s'interpose, lui cache Livie, dissimule la tragédie. Lorsque Féral parvient à l'endroit où elles se tenaient, les deux femmes ont disparu. Il fouille du regard les abords, fébrilement, repousse les gens – brutalement – à la recherche d'une trace, d'un indice. Sur le sol, il découvre le pic à cheveux taché de sang. Son imagination reconstruit la scène : une querelle violente, Livie blessant sa cavalière, toutes les deux s'éloignant de la foule pour régler leur différend – définitivement… Livie est en danger ! C'est ce que martèle son cœur dans son esprit.

Féral se calme, l'heure n'est pas à l'affolement. Et puisqu'ils sont inutiles, Féral ferme les yeux. Il gonfle sa poitrine, respire de toutes ses forces, distingue enfin, flottant dans l'air parmi les pestilences, l'odeur enivrante de Livie – poivre vanillé. Féral rouvre les yeux, repart. Il court, Féral, comme il n'a jamais couru, même là-bas sur le Causse quand il était jeune, il court comme si sa vie en dépendait – et c'est le cas car sa vie à présent tient en un mot : Livie.

La piste s'arrête en bas d'un immeuble. Trois étages, quatre peut-être, mais c'est déjà beaucoup. Féral ne prend pas la peine de chercher l'entrée, il repère une descente de gouttière. Livie est en haut, tout en haut. Il se débarrasse de sa veste qui le gêne, empoigne le tube métallique – solide – et escalade la façade avec l'agilité d'un chat. Se hisse sur le muret à la cime, se laisse souplement retomber sur le toit. Livie est bien là. L'autre danseuse aussi. En train de l'étrangler. Un grondement sourd échappe à Féral en même temps qu'il s'élance et percute à toute vitesse la femme qui veut tuer son amie. Une personne normale aurait été pulvérisée par le choc. Celle-là se contente de mordre la poussière à l'autre bout du toit – Féral a cru heurter une statue de plomb. Féral se penche sur Livie, immobile, étendue par terre.

— Livie…

Livie lui sourit – un sourire ensanglanté. Elle lève sa main, une main qui tremble, pour caresser la joue du géant au-dessus d'elle.

— Féral… Tu es venu…

— Oui. Je suis là maintenant.

— C'est bien.

Elle soupire, un soupir las, fatigué.

— Méfie-toi de Clarisse. Elle est très forte.

— Livie !

— Mon amour…

Féral se retourne lentement et son regard rempli de lueurs meurtrières se pose sur la femme qui s'est déjà relevée, qui ressemble à une sorcière dans sa robe sale et déchirée. Elle lui crie :

— Mais qu'est-ce que tu es ?

Féral ne répond pas avec des mots, il en est incapable. Le hurlement qui jaillit de sa gorge est si terrible qu'il peut voir son ennemie frissonner.

Féral s'avance, monstrueux, formidable. Il est conscient que cette femme peut s'enfuir – la porte est derrière elle. Mais il est sûr de la rancune qui l'habite, il perçoit son désir de vengeance et il comprend qu'elle ne partira pas avant de s'être assurée de la mort de Livie.

Féral sent bien qu'il a en face de lui une force insolite, une énergie implacable, mais il n'a pas peur. Quelque chose s'est déclenché dans son tréfonds. Quelque chose que tous croyaient disparu depuis longtemps. Quelque chose qui le rend redoutable : une vieille, une antique sauvagerie, lâchée sur un toit carré comme un ring pour un autre – un dernier – combat.

— Tu es grand ! Et robuste ! Mais ça ne te sauvera pas. Ni toi ni ton amie.

Clarisse se jette en avant avec une rapidité qui surprend Féral, si rapide lui aussi. Elle agrippe les bras du colosse, des bras épais comme des moyeux de camion, bardés de muscles et de tendons. Elle serre les bras de Féral entre ses doigts fins, puissants comme des étaux. Féral retient un cri de douleur. En réponse, ses énormes mains empoignent les épaules de Clarisse, si violemment qu'elle lâche à son tour un hoquet de surprise. Alors leurs regards s'affrontent puisque leurs corps sont bloqués, imbriqués. Yeux dans les yeux, morceaux de charbon pulsant et surface de lac figé, braises palpitantes et vert d'eau-marécage, sous-bois sombres et lueurs d'horizon pâle.

À quoi pense Clarisse, Féral l'ignore. Peut-être pense-t-elle à sa longue vie. Peut-être ne pense-t-elle à rien, Féral s'en moque. Féral pense à Louis qui saura trop tard à quel point ses pressentiments étaient justes.

Féral n'a jamais connu de nuit plus longue. À plusieurs reprises il a senti Clarisse bouger, essayer de se libérer de son étreinte – pour mieux l'attaquer ou s'enfuir, il n'en a aucune idée, mais il n'a pas bronché, il est resté les pieds ancrés au sol, comme des souches. Féral se garde bien de remuer. D'abord il économise ses forces. Ensuite Clarisse pourrait en profiter pour l'étrangler, avant d'aller achever Livie, alors Féral préfère sentir ses bras s'engourdir au fil des heures et ne rien lâcher. Et puis, si elle abandonnait finalement la lutte, il n'aurait ni l'énergie ni l'envie de la poursuivre – il se précipiterait plutôt au chevet de Livie – et tout serait à recommencer.

Le ciel commence à pâlir légèrement. Féral s'en rend compte parce qu'il distingue plus précisément les contours du visage de Clarisse. Étrangement, il ne peut s'empêcher de la trouver belle. Il se dit que l'aube arrive, et avec elle la lumière sale du soleil, voilé d'épaisses poussières. Il se dit qu'il pourra bientôt relâcher son étreinte, soulager ses bras douloureux, s'abandonner à cette femme ravissante. Mais il distingue aussi dans le regard de Clarisse, grâce au halo livide, une étincelle différente. Un éclair fugace et cependant bien réel. De peur. Malgré sa fatigue, Féral prend conscience du changement et comprend qu'elle aussi est épuisée… Ça lui donne le courage de tenir encore – encore un peu.

Féral sent un relâchement dans l'étreinte glacée des doigts sur ses bras. Imperceptible au début, puis de plus en plus net. Dans les yeux de Clarisse l'effroi s'installe durablement et remplace la colère, tandis que le jour remplace péniblement la nuit. La prise de Clarisse sur Féral faiblit encore. Alors Féral mobilise ses dernières forces. Il remonte ses mains, lentement, des épaules de Clarisse jusqu'au cou délicat, et Clarisse, opposant à son attaque une énergie déclinante – désespérée – approche elle aussi ses doigts de la gorge du géant.

— Ce n'est pas possible… Ça ne peut pas finir comme ça…

Sa voix n'est plus celle de la tueuse inflexible. Elle tremble, finit sur un sanglot. Des larmes de sang coulent sur sa peau blanche. Féral pour la première fois entrevoit les pensées qui la traversent, les mêmes qui ont sûrement traversé Livie, l'une et l'autre désemparées devant l'absurdité d'une mort qui n'avait pas de raison d'advenir.

Le cou de Clarisse entre les mains de Féral ressemble à un oiseau pris au piège, la trachée de Féral sous les doigts de Clarisse à un serpent débusqué.

Un dernier grognement, un ultime feulement. Féral brise la nuque de Clarisse et Clarisse referme ses ongles sur la chair palpitante de Féral.

Clarisse bascule en arrière – poupée cassée, désarticulée.

Féral tombe lourdement sur le toit en ciment, gorge arrachée – comme un arbre foudroyé, agonisant.

L'un et l'autre à jamais privés de raisons de craindre – et d'espérer.

Épilogue

Le soir arrive par vagues de feu dans le ciel. Féral se perd dans la contemplation des nuages qui brûlent. Il pense : « On dirait une trace de peinture grise sur une tôle rouillée. » Puis il rejoint en foulées bancales le sentier qui s'enfonce au milieu des buis.

Féral regarde le soleil se coucher, depuis l'endroit qu'il a trouvé pour étaler sa couverture. Il remue les morceaux de viande qui cuisent dans la poêle et, à l'heure de manger, souffle sur la nourriture brûlante. Il fait rejaillir les flammes en jetant une poignée de brindilles sur les braises.

Les étoiles s'allument l'une après l'autre dans le ciel et Féral se laisse tomber en arrière sur le dos. Il se dit : « On voit bien Cassiopée ce soir ! Et puis la Lyre. Et les Gémeaux… » Il retarde le moment d'aller se coucher. Il pense à son rendez-vous, là-bas, au bout du chemin. Féral reste sur le dos, son cœur bat la chamade, il a l'impression d'entendre un tambour.

Féral somnole, enroulé dans sa couverture à même le sol. Le moindre bruit le réveille. Féral est une caisse de résonance. Il entend les souffles de l'air dans les feuillages du chêne. Tout près, une chouette hulule. Au loin, un chevreuil aboie. Féral sent les cailloux qui pointent sous son dos. Puis il entend un piétinement sourd. Le bruit des pattes sur le sol dur. Féral se redresse sur les coudes. Des grognements se mêlent au fracas. Il pense : « La Meute… » La colonne passe dans la colline au-dessus, tout près. Féral n'a pas peur d'elle : il a peur de lui, de ses forces qui déclinent. Il doit tenir encore. Ne pas lâcher. Il attend que la Meute se soit éloignée avant de se recoucher. Il s'endort deux heures seulement avant l'aube.

Livie rit, son rire vient du sommet de l'immeuble. Lui Féral est en bas. Féral essaye de grimper mais il n'arrive à rien, sa main n'a pas de force. Livie ne rit plus. Elle gémit. Féral est au supplice, il ne parvient pas à bouger, il est cloué sur le trottoir, impuissant. Condamné à entendre Livie pousser des cris, des cris de détresse. À l'entendre prononcer des mots déformés par la peur dans lesquels il lui semble entendre son nom. Aux plaintes de Livie se mêlent par moments les bêlements d'une brebis. Il pleure, Féral, ses larmes coulent le long de ses joues et ruissellent sur le goudron. Et puis les murs tremblent. Livie est devenue silencieuse. Il tire désespérément sur ses pieds pour les arracher du sol. Il ne parvient à rien. Alors il hurle de rage…

Féral se réveille en sursaut. Il attend que les battements de son cœur ralentissent, refoule les lambeaux du rêve loin dans sa tête, avec tous les autres lambeaux. Il se lève, c'est difficile, il prend le temps de soulager sa vessie au pied de l'arbre qui bruissait cette nuit. Il a besoin de se tenir au tronc. Il était si fort, Féral. Mais il est vieux à présent, vieux comme peuvent l'être ceux des caves quand ils brûlent trop vite.

Le goût âcre du café soluble envahit la bouche de Féral, chasse l'amertume du réveil difficile, dissipe les brumes dans son esprit.

À présent le sentier serpente entre les arbres. Féral claudique et souffle, il doit s'arrêter régulièrement. La besace en toile lui scie l'épaule. À l'ombre d'un noisetier, il tète goulûment sa bouteille. Un filet d'eau coule le long de sa gorge, disparaît entre les poils de sa large poitrine.

En sortant du bois, il découvre une prairie d'herbes tendres, parsemée de coquelicots. Féral imagine deux corps enlacés roulant dans la pelouse pour fêter le printemps, dans le rouge fragile des fleurs, aussi fragile que les pétales imbriqués qui dessinent l'avant-goût des délices de la chair. Il imagine pour les accompagner le chant du rossignol célébrant en contrepoint la liturgie du cœur – l'amour, il le sait maintenant, est mélodie autant que froissements. Féral imagine.

Les cigales font entendre leur crissement, si strident qu'il couvre les rares bruits que le soleil n'a pas écrasés. Féral suit le chemin dans la forêt. Ses chaussures foulent les feuilles mortes, bousculent les cailloux qui y nichent. Odeurs d'humus. Le cœur de Féral chavire. Il aurait tant aimé. Pouvoir encore. Chasser dans l'épaisseur du vivant.

La chaleur le frappe comme un coup de masse lorsqu'il quitte la protection des feuillages. Féral crache un peu de sang. Les veines lui battent les tempes, douloureusement. Il s'arrête pour boire encore, au bord du sentier, à l'endroit où quatre piliers soutiennent un énorme rocher. Féral se laisse choir dans la poussière sans même quitter son paquetage. Il cherche son souffle. Il pense : « Je n'y arriverai jamais. »

Et puis il trouve au creux de la pierre, sur le flanc du dolmen, les marques, les traces presque effacées de l'ancien chemin, alors il reprend courage.

La lumière, rasante, adoucit le paysage, rude comme celui d'une steppe. Féral boitille sur la piste, fouetté par le fœhn qui lui sèche la gorge. Plus loin, des bosquets de buis denses et de chênes courbés ont escaladé une colline pour envahir une combe. Féral déniche dedans un espace pour s'allonger, mal protégé du vent.

Sa couverture claque quand il la déplie pour la deuxième nuit, à la manière d'une voile de navire. Il hésite à allumer un feu, se décide à creuser le sol, se contente de flammèches pour se réchauffer un peu. Il a froid. De plus en plus froid, Féral. Il est transi de la mauvaise nuit de la veille, de la fatigue de la journée et du trop-plein de soleil. Où est-il, celui qui courait des heures au milieu des arbres et de la nuit, pourchassant le chevreuil et le sanglier, dévorant le cœur chaud des bêtes éperdues d'épuisement ?

Féral songe au chamane :

« Je suis l'ardeur, l'action qui balaye la peur, l'énergie, l'étincelle de vie lancée vers les étoiles, les émotions du pâle et du fort, j'ai dans la bouche du soufre et sur les lèvres, un goût de mort... »

Ses yeux se ferment malgré lui et il sombre d'un coup, tandis que le vent souffle encore, dans le coton d'un murmure.

Les pieds de Féral ne sont plus soudés au sol. Il peut grimper et rejoindre Livie. Les gémissements ont repris, plus fort. Ils fouettent son cœur comme une brassée d'orties. Féral grimpe précautionneusement le long d'un tuyau mal accroché. Malgré ses efforts, malgré les ahanements qu'il pousse, le toit reste hors de portée. Il essaye d'aller plus vite mais le tuyau grince et ses bras lui font mal, ils sont durs, tétanisés. Tout près de lui, Livie appelle. L'appelle à son secours. Féral la supplie silencieusement de résister, de lutter, de tenir bon...

Féral se réveille en sursaut, haletant. Le vent ne s'est pas calmé. Il fait encore sombre. Il ne se rappelle pas s'être endormi. Il tend l'oreille. Des piétinements sourds. Des grognements. Il se dresse, les sens aux aguets. La Meute ! Combien ? Une vingtaine au moins. Une trentaine peut-être. Le tumulte s'accroît. L'excitation saisit Féral au ventre. La Meute est venue pour lui ! Il écoute encore, tendu comme la corde d'un arc, halluciné. Et puis les martèlements des pattes griffues et les jappements sourds s'estompent. La Meute s'en va, rendant le bois aux convulsions du vent. Féral se rallonge, les muscles du dos lui font mal de s'être contractés si fort. Les boum-boum dans sa poitrine mettent longtemps à s'espacer. Comme la nuit précédente, c'est au petit matin seulement, dans le jour naissant, qu'il lâche prise et tombe inconscient.

Féral contemple le vide au bord du plateau. Sous ses pieds, dans la falaise, une cascade jaillit de la paroi et dégringole dans un lit profond et buissonneux, hors d'atteinte. Féral pense à ce qu'il avait répondu à Livie, curieuse de savoir comment c'était, le Causse : « C'est sauvage. Il y a des énergies, des bêtes. C'est rempli de pierres levées. Sur le plateau, on est comme sur une barque, plus près du ciel, hors d'atteinte des eaux mortes du monde. »

De voir cette cascade, Féral a envie de se tremper, de sentir sur sa peau la fraîcheur de l'eau.

Féral vérifie que les marques sont là, qu'il est sur la bonne voie. Il emprunte un sentier étroit, coupe à travers les prés quand les traces se perdent, déniche une première lavogne asséchée, pleine de croûtes de terre. De l'autre côté d'un puech pelé, il trouve une seconde mare, à moitié remplie d'une eau verdâtre et croupissante. Féral s'en moque, il pose son sac au bord de la cuvette pavée, sous l'ombre chiche d'un ormeau, se déshabille et se jette dedans.

Il se sèche au soleil, ça ne prend pas longtemps. Les gouttes fondent sur sa peau comme des glaçons sur une pierre, tout son corps fume, son corps encore musculeux, couvert de poils gris et de cicatrices. Féral sort de sa besace un morceau de viande séchée. Il mâche en silence. Voletant à l'aplomb de la lavogne, une bande de corbeaux freux croaillent, ressemblent à des cendres versées dans le ciel.

Féral grimpe sur une éminence coiffée par des rochers. Derrière lui, un nuage de poussière avale le chemin, accompagné d'un martèlement sourd. Quelques instants plus tard, un troupeau de brebis, de vaches, de chevaux, d'ânes et de chèvres mêlés passe en contrebas sur la piste, conduit par une paire de boucs noirs. La multitude semble intarissable. Féral hoche la tête : lorsque la Meute chasse, les bêtes fuient. C'est bien le signe qu'il est où il doit être.

Féral trouve au sommet l'emplacement idéal pour la troisième nuit. Il aménage un foyer, ramasse du bois, s'installe devant le feu qui flambe. Sort de sa besace des plantes fraîches ramassées au bord du chemin, qu'il rince avant de les grignoter – il ne peut rien avaler d'autre. Ses mains sont agitées de tremblements, elles tremblent tout le temps maintenant. Le repas est vite terminé, laissant Féral dans le craquement des branches et l'obscurcissement du jour.

La vallée sous ses yeux brille d'éclats artificiels. Des grondements mécaniques, étouffés, montent jusqu'à ses oreilles. Féral récite à haute voix les dernières paroles du chamane :

— Je suis le voyageur en route vers le port, le navire des derniers jours, qui flottera sur les ongles des morts.

Le silence retombe sur lui. Seul craque le feu et brillent les étoiles dans le ciel. Et puis les yeux de Féral qui pense à Livie.

Féral est fatigué. Il a si peu dormi les nuits dernières. Il se couche près des braises. Mais il ne veut pas se laisser aller, il a peur de ne pas se réveiller.

Féral guette. La nuque posée sur son bras qui lui cale la tête, les oreilles grandes ouvertes. Il guette l'arrivée de la Meute.

Ses yeux se ferment malgré lui. Roulent sous les paupières.

Féral et Livie sont sur le toit de l'immeuble, allongés sur une couverture rouge, l'un contre l'autre, entièrement nus. Un corps sans vie gît plus loin, il est enveloppé dans un linceul vert mais il n'a pas de visage. À côté du cadavre il y a la carcasse d'une chèvre à moitié dévorée. Livie est dans les bras de Féral. Ils sont magnifiques. Elle soupire d'aise. Ils s'embrassent longuement. Les mains de Livie caressent le corps massif et noueux. « J'adore danser avec toi. » Elle vient se nicher au creux de son cou et lui murmure des choses inaudibles, Féral la serre contre sa peau, les yeux rivés dans le ciel, cherche parmi les étoiles un écho aux lumières qui le picorent. Et puis Féral sent Livie qui bascule, qui pèse dans ses bras. Qui devient froide. Il la secoue. Mais ce n'est plus Livie qu'il tient, c'est une brebis. Morte. Le corps d'une brebis égorgée…

Féral émerge de cet autre rêve la tête lourde. Il cherche sa gourde à tâtons tandis que reprennent les grondements. Les piétinements. Froissant l'obscurité. Bousculant la quiétude du plateau – halètements puissants. Féral grogne et c'est un grognement fiévreux : « J'arrive… J'arrive… » Cette fois Féral n'attend pas le départ de la Meute ni l'arrivée du petit matin pour sombrer.

L'aube est presque là. Féral grelotte. Il essaye de se lever mais en vain. Il est arrivé au bout de ses forces. Il se dit : « C'est fini… » Et ça le désole parce qu'il va manquer son rendez-vous.

Peu à peu, il se rend compte que le feu crépite à côté de lui. Ranimé par un homme qui se chauffe les mains aux flammes.

— Bonjour Féral !

L'homme porte une barbe grise, la cape des voyageurs et un chapeau à large bord.

— Comment connais-tu mon nom ?

— C'est lui qui me l'a dit.

Un corbeau noir, perché sur son épaule, lui mordille l'oreille.

— Qui es-tu ?

— Tu sais qui je suis.

Cette fois Féral distingue clairement l'œil mort qui absorbe la lumière des flammes.

— Le Borgne !

L'homme sourit.

— Alors tu sais aussi que je ne te veux pas de mal.

— Si tu es là, c'est que je suis mort ?

— Tu es en chemin, c'est tout ce qui m'intéresse.

De l'eau est en train de chauffer. Féral se redresse péniblement, tousse dans la fumée. Le Borgne s'en amuse.

— Moi aussi j'ai pleuré à la fumée du feu, j'ai écouté ses chants, j'ai mesuré l'épaisseur du mystère !

Féral s'essuie les yeux. En dessous, la plaine s'est estompée, noyée dans une brume épaisse. Le Borgne verse dans la bouilloire des herbes tirées de sa poche puis sert à Féral une tasse du bouillon.

— Bois, ça te donnera des forces. Tu n'es pas encore arrivé.

— Tu sais où je vais ?

— Bien sûr. Je vais d'ailleurs marcher un moment avec toi.

Féral ne s'étonne pas. Il a cessé de s'étonner depuis longtemps.

Le soleil reprend rapidement sa place, joue aux ricochets avec la brume. Féral et le Borgne cheminent ensemble sur le plateau, entre les haies bruissant de pépiements.

— Les oiseaux ! Est-ce qu'il existe quelque chose de plus beau ? À la fois de l'air et de la terre, de l'eau pour certains et même du feu. Ils sont rares mais il y en a !

— Tu aimerais être un oiseau ?

Le Borgne tourne vers Féral son regard énigmatique.

— Mais je suis déjà un oiseau !

Il écarte les bras, fait le geste de s'envoler, sautille le long du talus en poussant des cris, et Féral n'est pas loin de le trouver drôle.

Le sentier offre maintenant une vue saisissante sur l'épais brouillard qui emprisonne les vallées. Pulsant sous l'effet de vents invisibles, les nuées ressemblent à des flots venant battre les falaises. Semblables aux oiseaux marins, des vautours volent en cercle au-dessus. Féral marche, de plus en plus lentement, de plus en plus difficilement, en contemplant le spectacle.

— Rassasie-toi de beauté, Féral, frissonne ! Seuls les morts cessent de s'émerveiller.

— Je ne suis pas loin du compte…

— C'est vrai. Mais avant de mourir complètement, on est encore un peu vivant.

Et puis des aboiements déchirent le silence. Le Borgne se fige.

— Je suis désolé, je vais devoir te quitter. Même moi je ne peux aller là-bas.

— Merci pour la tisane. Pour la compagnie aussi.

L'œil vivace scrute Féral.

— Le plaisir était pour moi.

Féral n'a pas le temps de répondre : le Borgne s'est évanoui dans les airs comme ses rêves au matin – comme la Meute au réveil.

Deux chiens émergent alors de la brume en grondant. Féral n'en a jamais vu de pareils. Énormes. Sombres. Le poil épais, les babines ouvertes sur une terrible rangée de dents. Un grognement sourd accompagne l'approche des deux monstres. Mais Féral n'a pas peur. Féral fait un pas, paume ouverte. Des mots claquent, dans la langue ancienne – le cadeau de Gueule-de-chien qui sait parler aux bêtes sauvages, Gueule-de-chien, en larmes sous l'accolade de Louis parce que Féral a obtenu, avant les célébrations du solstice, que son ami rejoigne le clan ! Les bêtes reculent. Se fondent dans le brouillard et le silence revient.

Le chemin ensuite quitte le plateau, plonge dans la nuée épaisse. Il attrape un arbre, puis deux, puis l'amorce d'un bois. Il s'accroche ensuite au flanc d'une falaise et descend rapidement, en s'appuyant sur les hêtres. Féral halète, pas à cause de la chaleur mais de la sente abrupte. La tête lui tourne. Il aperçoit le visage bouleversé de Lucie, Lucie qui lui dit qu'il ne peut pas partir, qu'il ne peut pas les abandonner, et Fleur alors, et Sylvain ! Il voit le visage fatigué de Louis qui essaye de le raisonner, parce que c'est devenu une légende, Féral, le combat en haut de la tour… Mais lui il répond qu'il est désolé Lucie, désolé Louis, il a assez fait, assez donné ! Il regrette seulement de ne pas pouvoir tenir la promesse faite à Sylvain de les emmener, lui et sa sœur, dormir un jour dans la montagne…

Il en est là de ses pensées quand il entend, étouffés, les chuchotements d'une rivière. Le cœur de Féral fait un bond : « C'est ici… J'espère qu'elle viendra ! » Il se réjouit et s'angoisse aussi. Il franchit le cours d'eau sur un pont hors d'âge, contemple l'onde qui joue à bousculer les pierres. Dans sa tête perce un murmure, faible au départ puis de plus en plus présent : « *C'est le pont des amants qui n'ont pas eu de chance ?* » Féral retient son souffle. « Oui Livie. L'endroit où ils peuvent s'étreindre enfin. » Maîtrisant le tremblement de ses mains, Féral sort de sa besace un petit sac en toile taillé dans le drap dans lequel ils ont fait l'amour et qui porte son odeur, un sachet rempli de cendres qu'il verse dans la rivière, en disant – sans que ses lèvres bougent : « Va te baigner si tu veux, moi je t'attends ici. »

Livie émerge de nulle part en touchant l'eau et traverse joyeusement l'onde, butant à peine contre les cailloux du gué. Elle se déshabille. Féral la dévore des yeux. Livie s'assoit au milieu de la rivière, fait ruisseler l'eau sur ses épaules avec la paume de ses mains. Elle ressemble à une naïade, une divinité des courants. Les yeux clos, auréolée de gouttes scintillantes. En haut Féral pleure – il pleure de joie. Il mesure sa chance d'avoir eu quelqu'un près de sa fin, qui n'a donné de sens à rien mais une lumière vraie à tous ses actes, une force dont il avait besoin. En bas Livie s'ébroue, secoue la tête et ça fait un froissement blond dans le gris-bleu de la brume qui se mêle à l'eau.

Sur l'autre rive, la Meute hurle d'impatience.

Livie est revenue sur le pont. Elle plonge son regard dans celui de Féral. Ils restent un long moment sans parler. « *Je suis désolée.* » Féral frissonne. « Tu es là, c'est tout ce qui compte. » Féral serre le fantôme contre lui, sans hâte, doucement. Ils se serrent tous les deux, de plus en plus fort. Restent là, sans bouger, dans le moelleux de la brume qui étouffe un instant le monde autour d'eux. Et puis Féral reprend conscience de la rivière, de ses murmures, de son chant. De la musique de l'eau. Il dit alors, en respirant les cheveux vaporeux : « Tu es prête ? » Livie soupire : « *Oui…* »

Il la prend par la main et ils descendent de l'autre côté du pont où commencent les solitudes habitées, où dorment les sommets et les ravins profonds, les forêts et les vallons, où rêvent les bêtes dans les taillis, les tourbières, les rocailles.

« *Nous rentrons chez nous !* »

Par-delà les dômes d'ombre où les étoiles tressaillent.

Du même auteur :

Parlons khowar : langue et culture de l'ancien royaume de Chitral au Pakistan, Éditions L'Harmattan, 1999

Le Livre des étoiles

I. *Qadehar le sorcier*, Gallimard Jeunesse, 2001
II. *Le Seigneur Sha*, Gallimard Jeunesse, 2002
III. *Le Visage de l'Ombre*, Gallimard Jeunesse, 2003

Les Maîtres des brisants

I. *Chien-de-la-lune*, Gallimard Jeunesse, 2004
II. *Le Secret des abîmes*, Gallimard Jeunesse, 2005
III. *Seigneurs de guerre*, Gallimard Jeunesse, 2009

Contes d'un royaume perdu, ill. François Place, Gallimard, 2005

Phænomen

Phænomen, Gallimard Jeunesse, 2006
Plus près du secret, Gallimard Jeunesse, 2007
En des lieux obscurs, Gallimard Jeunesse, 2008

Cochon rouge, « Folio Junior », Gallimard Jeunesse, 2009
Des pas dans la neige, aventures au Pakistan, Gallimard Jeunesse, 2010

A COMME ASSOCIATION, Gallimard Jeunesse et Rageot Éditeur
La Pâle Lumière des ténèbres, 2010
Les Limites obscures de la magie (écrit par Pierre Bottero), 2010
L'Étoffe fragile du monde, 2011
Le Subtil Parfum du soufre (écrit par Pierre Bottero), 2011
Là où les mots n'existent pas, 2011
Ce qui dort dans la nuit, 2011
Car nos cœurs sont hantés, 2012
Le Regard brûlant des étoiles, 2012

Le Regard des princes à minuit, Gallimard Jeunesse, 2014

TERRE-DRAGON, « Romans Junior », Gallimard Jeunesse
I. *Le Souffle des pierres*, 2014
II. *Le Chant du fleuve*, 2014
III. *Les Sortilèges du vent*, 2015

Nouvelle Sparte, « Romans Ado », Gallimard Jeunesse, 2017
La Patience du héron, Gallimard Jeunesse, 2017
Déchirer les ombres, Calmann-Lévy, 2018
MASCA, Gallimard Jeunesse, 2019
Sidh (avec Frédéric L'Homme), 2 tomes, Auzou, 2020 et 2021
Cosaques blues, Calmann-Lévy, 2022

PAPIER À BASE DE FIBRES CERTIFIÉES

Le Livre de Poche s'engage pour l'environnement en réduisant l'empreinte carbone de ses livres. Celle de cet exemplaire est de :
150 g éq. CO_2
Rendez-vous sur www.livredepoche-durable.fr

Composition réalisée par NORD COMPO

Achevé d'imprimer en octobre 2022 en Espagne par Liberduplex
Dépôt légal 1re publication : novembre 2022
LIBRAIRIE GÉNÉRALE FRANÇAISE
21, rue du Montparnasse – 75298 Paris Cedex 06

13/7111/3